Thomas Brezina · Der weiße Gorilla

DIE KNICKERBOCKER BANDE®

Hallo Detektive,

hier mein ganz persönlicher Steckbrief!

Name: Thomas Brezina (meine Freunde dürfen mich auch Brezl nennen)
Größe: 1,76 m
Gewicht: 60 kg (schwankt ...)
Haarfarbe: dunkelbraun
Augenfarbe: braun

BESONDERE KENNZEICHEN:
Ich habe einen Bart und sammle verrückte und coole Uhren. Eine davon zeigt mir immer an, wie viel Uhr es dort ist, wo die Knickerbocker-Bande gerade einen Fall löst.

MEINE ERINNERUNGEN AN DIE SCHULE:
Ich habe in der Schule gern Zeichnen, Englisch und Mathematik gehabt. Gehasst habe ich Latein und – Überraschung – auch Deutsch. Mein Lehrer hat immer nur Rechtschreibfehler gesucht, deshalb ist mir die Freude am Schreiben verloren gegangen.

MEINE LIEBLINGSBESCHÄFTIGUNGEN:
Schreiben, Reisen, Musicals, Kino, TV, Lesen, mit meinem Hund Daffi spazieren gehen, Schwimmen und natürlich schwierige Kriminalfälle lösen!

MEIN LIEBLINGSESSEN:
Am allerliebsten esse ich Sushi. Das ist roher Fisch auf Reisbällchen und schmeckt bedeutend besser, als es klingt.

MEIN GEBURTSDATUM:
Ich bin Wassermann und am 10. Tag dieses Sternzeichens geboren. Kombiniert: Wann ist mein Geburtstag?

MEINE KNICKERBOCKER-KRIMIS:
Sie fallen mir beim Duschen, Spazierengehen, mitten in der Nacht, im Flugzeug oder an sonstigen ungewöhnlichen Orten ein.

MEINE BERUFSWÜNSCHE:
Ich wäre gern Detektiv geworden. Aber ich fürchte, dazu hatte ich damals nicht genug Mut und Ausdauer. Und jetzt kann ich mir keinen anderen Beruf vorstellen als den, für euch spannende Geschichten zu schreiben.

Wenn ihr noch Fragen habt: www.thomasbrezina.com

Thomas Brezina

DIE KNICKERBOCKER BANDE®

DER WEISSE GORILLA

Abenteuer Nr. 24

Mit Illustrationen von
Atelier Bauch-Kiesel

Ravensburger Buchverlag

LILO

DOMINIK

AXEL
POPPI

Als Ravensburger Taschenbuch
Band 56228
erschienen 2001

Erstmals erschienen 1993
bei der hpt-Verlagsgesellschaft m. b. H. & Co. KG, Wien

Umschlagillustration: Ferenc B. Regös
Umschlagfotografie: Martin Vukovits

Printed in Germany

Die Schreibweise entspricht den Regeln
der neuen Rechtschreibung.

5 4 3 2 1 01 02 03 04 05

ISBN 3-473-56228-9

www.ravensburger.de/buchverlag

Inhalt

DIE KNICKERBOCKER-BANDE

NAME: Axel Klingmeier
SPITZNAME: früher Schrumpfkopf und Gnomi
ALTER: fast 14 Jahre
STERNZEICHEN: Steinbock
COOL FINDE ICH: Sport
TOTAL UNCOOL: Langweiler, Oberlehrer, Wichtigtuer
LIEBLINGSSPEISE: alles
BESONDERE KENNZEICHEN: Bin früher oft verspottet worden, weil ich klein bin. Heute traut sich das keiner mehr.

NAME: Lieselotte (Lilo) Schroll
SPITZNAME: Superhirn
ALTER: fast 14 Jahre
STERNZEICHEN: Krebs
COOL FINDE ICH: Skifahren, Rafting, Krimis, starke Ideen und Mut
TOTAL UNCOOL: Feiglinge; Leute, die nicht lachen können; Trauerklöße
LIEBLINGSSPEISE: Chinesisches Essen
BESONDERE KENNZEICHEN: Habe zwei blonde Zöpfe, auf die ich besonders stolz bin.

NAME: Paula Monowitsch
SPITZNAME: Poppi (Paula finde ich einen Horrornamen)
ALTER: fast 10 Jahre
STERNZEICHEN: Fische
COOL FINDE ICH: meine Tiere, Tierschutz-Organisationen, Poster
TOTAL UNCOOL: Tierquäler; Leute, die behaupten, nie Angst zu haben
LIEBLINGSSPEISE: Fruchtsalat und Melonen, aber kein Fleisch
BESONDERE KENNZEICHEN: Ich besitze einen Minizoo mit zwei Hunden, einem Papagei, drei Katzen, Kaninchen, Goldfischen, Ratten und einem Weihnachtskarpfen, den ich vor der Pfanne gerettet habe.

NAME: Dominik Kascha
SPITZNAME: (verrate ich nicht)
ALTER: fast 11 Jahre
STERNZEICHEN: Waage
COOL FINDE ICH: Lesen, Rätsel, Leute mit Durchblick
TOTAL UNCOOL: Quatschköpfe, erhobene Zeigefinger, strenge Erwachsene
LIEBLINGSSPEISE: Spaghetti
BESONDERE KENNZEICHEN: Meine Eltern sind Schauspieler, und auch ich stehe bereits auf der Bühne und vor der Filmkamera.

DER NAME KNICKERBOCKER-BANDE ENTSTAND ...

- ❑ als Axel, Lilo, Poppi und Dominik von Lord Conrad of Knickerbocker ausgezeichnet wurden, weil sie seinen entlaufenen Mops gefunden hatten,
- ❑ **als Axel einen Weltrekord aufstellte und in 22 Knickerbocker-Hosen in nur 30 Sekunden Löcher gebissen hatte,**
- ❑ als Poppis Papagei zum ersten Mal ein Wort von sich gab und es sich nach „Knickerbocker" anhörte,
- ❑ **als die vier den Zeichenwettbewerb einer Lederhosenfirma gewannen und einander bei der Preisverleihung kennen lernten,**
- ❑ als Dominik der jüngste Student an der Knickerbocker-Universität wurde,
- ❑ **als Lieselotte endlich das Rätsel der jodelnden Knickerbocker-Hosen gelöst hatte,**
- ❑ als Axel, Lilo, Poppi und Dominik sieben entsprungene Knickerbocker-Hosen wieder eingefangen haben,
- ❑ **als der Song „Knickerbocker Kiss" in der Hitparade auf Platz 1 landete.**

Richtige Erklärung bitte ankreuzen. Die Lösung steht auf Seite 144.

Bedrohung in der Dunkelheit

Die vier Knickerbocker-Freunde Axel, Lilo, Poppi und Dominik standen still und starr am Treppengeländer und versuchten verräterische Geräusche aufzuschnappen. Rund um sie herrschte rabenschwarze Finsternis. Es war eine Finsternis, die ihnen grauenhafte Angst machte. Irgendwo – vielleicht sogar direkt neben ihnen – konnte sich jemand befinden. Vielleicht ein Einbrecher oder ein wildes Tier oder… Es war dieses „oder“, das die Knickerbocker am meisten beängstigte. Mit wem hatten sie es zu tun?

„Wieso knipsen wir nicht einfach die Taschenlampen an und suchen alles ab?“, schlug Axel vor.

Lieselotte war dagegen. „Weil der Spuk dann augenblicklich vorbei ist. Denk daran, dass wir bereits gestern Nacht durch das Haus gerannt sind und nichts gefunden haben. Die Geräusche beginnen nur, wenn es stockdunkel ist. Wir müssen warten, bis wir sie hören, und dann mit den Taschenlampen in die Richtung leuchten. Nur so können wir endlich rausfinden, wer da durch das Schloss geistert!“

Wieder verharrten die Junior-Detektive einige Minuten wortlos und warteten. Sie bewegten nur den Kopf und lauschten nach allen Richtungen. Rührte sich etwas? War irgendwo in dem riesigen, düsteren Haus ein Laut zu hören?

Nichts! Zehn Minuten zuvor war angeblich jemand durch die Halle gegangen. Mit langsamen, schlurfenden Schritten. Poppi behauptete das zumindest.

„Bist… bist du sicher, dass du die Schritte hier unten in der Halle gehört hast, Poppi?“, hauchte Dominik. Er wagte nicht einmal zu flüstern.

„Ja! Ganz sicher!“, antwortete Poppi so leise wie möglich.

Die Knickerbocker waren in die Trainingsanzüge geschlüpft und aus ihren Zimmern getappt. Die Zimmertüren führten auf einen breiten Gang, auf dessen anderen Seite sich eine Balustrade (= niedriges Geländer) befand. Von hier aus konnte man bei Tag in die große Vorhalle des spanischen Castillos (= kleines Schloss) hinabblicken. Wenn man am Geländer entlangging, erreichte man nach ungefähr zehn Schritten den weit ausladenden Treppenabgang. Eine schwarze Holztreppe führte in mehreren Bögen hinab ins Erdgeschoss.

Axel, Lilo, Poppi und Dominik befanden sich im Augenblick auf den ersten drei Stufen und klammerten sich am geschnitzten Geländer fest. Dominik warf einen schnellen Blick auf seine Armbanduhr. Es war kurz nach zwei Uhr in der Früh.

In der Ferne rauschte das Meer. Irgendwo im Castillo tickte eine Standuhr. Sonst tat sich nichts.

Axel wurde ungeduldig. „Du hast schlecht geträumt!“, zischte er Poppi zu.

„Nein!“, fauchte das Mädchen zurück.

„Schnauze!“, fuhr Lilo die beiden an. Das Superhirn der Bande hatte etwas gehört. Allerdings kam das Geräusch nicht aus der Halle. Lieselotte war fest davon überzeugt, dass sich jemand am anderen Ende des Ganges befand. Wer auch immer es war, er atmete schwer und röchelnd.

Axel, Poppi und Dominik zuckten erschrocken zusammen, als das Keuchen an ihre Ohren drang. Die drei Knickerbocker-Freunde klammerten sich ängstlich aneinander fest.

Lieselotte starrte in die Dunkelheit. Wenn sie nicht alles täuschte, stand der Röchler höchstens zwanzig Schritte entfernt. Sie packte den Griff ihrer Taschenlampe. Ihre Hände waren schweißnass. Das Mädchen legte den Daumen auf den Schalter, als sich im Gang etwas tat.

Licht drang aus der hölzernen Kassettendecke. Die Decke im Castillo bestand aus schwarzen, geschnitzten Platten, die wie ein Puzzlespiel zusammengesetzt waren.

Wie eine weiße Linie zog sich das Licht nun um eine dieser so genannten Kassetten. Das bedeutete: Die Holzplatte wurde bewegt. Jemand senkte sie aus der Zimmerdecke.

Ein schwacher Lichtschimmer fiel auf den grauen Steinboden. Die Junior-Detektive rangen nach Luft. Die Angst schnürte ihnen die Kehle zu. Lieselotte wusste, dass sie jetzt handeln mussten. Nur in diesem Augenblick hatten sie Gelegenheit, mehr über den Spuk im Castillo Katharina zu erfahren. Das Mädchen richtete sich auf und machte einige mutige Schritte vorwärts.

Über ihrem Kopf knarrte das Holz. Lilo huschte zur Wand, in der sich die Zimmertüren befanden, und tastete sich an der kühlen Mauer entlang.

Die hölzerne Platte klappte immer weiter herunter. Es handelte sich anscheinend um eine Art Geheimtür. Lilo trippelte auf Zehenspitzen näher heran. Ihr Herz pochte so laut, dass sie das Blut in ihren Ohren hören konnte.

Mit einem Knall schwang die Klappe ganz nach unten und in der hellen Öffnung erschien ein dunkler Schatten. Jemand schien in dem Raum über der Decke auf dem Bauch zu liegen und sich immer weiter über die Kante der Luke zu schieben.

Lieselotte presste sich in eine Türnische und spähte vorsichtig am Türstock vorbei. Nur mit Mühe unterdrückte sie einen lauten Aufschrei, als völlig unerwartet der bullige Oberkörper eines Menschen aus der Geheimtür klappte. Kopf und Arme baumelten schlaff herunter.

Lilo wich zurück und dachte erschrocken: Der Typ, der… der schaut genau in meine Richtung. Hat er mich gesehen? Ihr Herz raste. Die anderen Mitglieder der Knickerbocker-Bande waren nur ungefähr zehn Meter entfernt. Lilo erschien es wie ein Kilometer. Sie wollte zurück zu den anderen, aber sie wagte sich nicht auf den offenen Gang hinaus.

Es kostete sie sehr viel Kraft und Überwindung, den Kopf vorzuschieben und wieder einen Blick in Richtung Geheimtür zu werfen. Der Kerl hing noch immer schlaff in der Öffnung und schaukelte langsam hin und her. Im Zeitlupentempo begann der Körper nach vorn zu rutschen, wobei ein schauerliches Knirschen und Schaben ertönte.

Immer weiter sackte die Gestalt herunter, bis sie schließlich kopfüber aus der Öffnung stürzte. Sie überschlug sich dabei und mit einem dumpfen Knall schlug der Unbekannte hart auf dem Steinboden auf und blieb regungslos auf dem Rücken liegen.

Das bleiche Licht aus der Geheimtür fiel auf ihn und beleuchtete Brust und Gesicht. Jetzt war es mit Lieselottes Beherrschung vorbei. Sie schrie laut auf und rannte kreischend zu ihren Freunden zurück.

Der Spuk geht weiter

Bei der geheimnisvollen Gestalt handelte es sich um einen Mann. Er besaß einen buschigen schwarzen Schnurrbart und kurze schwarze Haare. Gekleidet war er wie ein Stierkämpfer.

Das Grauenhafteste an ihm war aber die Farbe seiner Haut: leichenblass. Der Mann war tot. Es gab keinen Zweifel. Seine Augen blickten leblos ins Leere.

Über den Köpfen der vier geschockten Knickerbocker-Freunde ging jemand langsam über die Holzdecke. Er rannte nicht, er hüpfte nicht. Er setzte Fuß vor Fuß, als hätte er keine Eile.

Mittlerweile hatten auch Axel, Dominik und Poppi erkannt, wieso ihre Freundin so schrie. „Señor Sebastian!", kreischte Poppi. „Señora Isabella!"

Dominik und Axel stimmten in das Rufen ein. Señor Sebastian und Señora Isabella waren die Besitzer des Castillos Katharina. Allerdings schliefen sie nicht im Haupttrakt, in dem die Knickerbocker-Bande untergebracht war. Ihre Privaträume befanden sich im Westflügel des Schlosses. Dorthin zu laufen war für die Bande aber unmöglich. Dazu hätten sie nämlich an dem Toten vorbeimüssen, und das wollten sie unter keinen Umständen.

Lieselotte packte ihre Kumpel und zerrte sie mit sich. „Zurück in unsere Zimmer! Weg!", schrie sie.

Das ließen sich die anderen drei nicht zweimal sagen. Sie knipsten die Taschenlampen an, leuchteten die Wand an und hasteten auf die offenen Türen zu.

Die vier Freunde stolperten über die Schwelle des Jungenzimmers und schlugen die Tür mit aller Kraft hinter sich zu. Axel drehte zweimal den Schlüssel, schaltete das Licht ein und ließ sich keuchend auf sein zerwühltes Bett fallen.

„Was… was jetzt?“, japste Dominik. „Was… was machen wir jetzt? Ich meine… vielleicht… lebt der… der Mann da draußen noch!“

Lilo schüttelte den Kopf. „Der ist tot. Mausetot. Einen Sturz aus dieser Höhe auf einen Steinboden überlebt keiner. Außerdem… ich habe sein Gesicht gesehen. Wie Wachs… völlig hart und erkaltet.“

„Haben uns Señor Sebastian und seine Frau gehört?“, fragte Axel die anderen.

Lilo zuckte mit den Schultern. „Weiß nicht, aber… ich will hier nicht allein sitzen. Ich… ich gebe zu, ich habe irre Angst. Wir müssen sie verständigen.“

„Aber wie?“, rief Poppi verzweifelt.

Dominik schlug sich auf die Stirn. „Wie schon, per Telefon!“, brummte er und lief ins Badezimmer. Dort befand sich ein sehr altmodischer schwarzer Telefonapparat, der zu einer Hausanlage gehörte. Auf einem vergilbten Zettel fand der Junge die verschiedenen Nummern, mit denen er die Küche, den Weinkeller, die übrigen Gästezimmer und auch das Schlafzimmer der Schlossbesitzer erreichen konnte.

Mit zitternden Fingern wählte Dominik die 23. Ein rasselndes Tuten ertönte.

„Siiii“, meldete sich eine verschlafene Männerstimme.

„Señor Sebastian, kommen Sie schnell. Ein Mord!“, schrie Dominik in den Hörer.

Der Mann am anderen Ende der Leitung war sofort hellwach. „Was? Sag das noch einmal!“, rief er.

„Ein Mord… ein Toter auf dem Gang zu Ihrem Flügel des Schlosses!“, schluchzte Dominik. „Bitte, kommen Sie! Bitte, wir haben Angst!“

Ein Klicken zeigte dem Jungen, dass Señor Sebastian aufgelegt hatte. Dominik war so aufgewühlt, dass er den Hörer einfach fallen ließ und nicht zurück auf die Gabel legte.

Wieder standen die Knickerbocker-Freunde da und lauschten. „Hallo, Kinder… Kinder! Wo seid ihr?“, hörten sie Señor Sebastian nach wenigen Minuten auf dem Gang rufen.

„Hier drin, in unserem Zimmer!“, antwortete Axel.

„Kommt heraus… kommt… ich bin da!“

Lilo spürte, dass etwas nicht stimmte. Als Axel den Schlüssel drehen wollte, legte sie ihm die Hand auf den Arm. „Halt, warte!“, flüsterte sie. „Señor Sebastian, sind Sie das wirklich?“, rief Lieselotte fragend.

Die Junior-Detektive blickten einander fragend an. Wieso antwortete ihr Gastgeber nicht? „Señor Sebastian! Hallo, sagen Sie was!“, keuchte Lilo.

Nichts! Mit einem Mal war der Mann verstummt. Dafür ertönte ein dumpfes Pochen.

„Da klopft jemand an die Tür. Vielleicht ist Señor Sebastian niedergeschlagen worden und will zu uns herein!“, stieß Poppi hervor.

Dominik schüttelte den Kopf. Mit weit aufgerissenen Augen starrte er zur Zimmerdecke. Es war eine Kassettendecke, genau wie auf dem Gang. „Der Klopfer… der Klopfer“, krächzte Dominik, dem der Schreck die Kehle zuschnürte. „Er sitzt… dort oben!“

Der Junge taumelte an die Wand und zeigte mit zitternden Fingern in die Höhe. „Die Holzplatten… sie bewegen sich… gleich wird eine aufklappen… wie vorhin, und… dann sind wir dran!“

Jetzt hielt Axel nichts mehr zurück. Er sperrte auf und rannte auf den Gang.

Im Badezimmer klingelte das Telefon. Lilo, Poppi und Dominik hatten gleichzeitig denselben Gedanken. „Das Telefon!“, sagten sie wie aus einem Munde.

Dominik hastete ins Badezimmer und blieb in der Tür entsetzt stehen. Der Hörer war gar nicht aufgelegt. Wieso konnte der Apparat klingeln?

Langsam streckte der Junge die Hand nach dem Hörer aus und hob das schwarze, gebogene, angeschlagene Ding an sein Ohr. „Ha… hallo?“, stieß er mühsam hervor.

Am anderen Ende war nur ein Röcheln zu hören.

„Hallo?“, schrie der Junge außer sich. „Sagen Sie was!“

Das Keuchen wurde langsamer und schwerer. Wer auch immer da atmete, schien größte Mühe dabei zu haben. Schließlich verstummte das gespenstische Geräusch. Dominik ließ den Hörer fallen, als stünde er unter Strom.

„Was hast du? Was ist?“, erkundigte sich Lieselotte, die ihm nachgekommen war.

„Da… stirbt einer. In diesem Schloss ist jede Sekunde der totale Horror!“

„Kommt her! He, kommt schnell!“, ertönte da Axels Stimme. Ihr Klang verriet, dass der Junge etwas Unfassbares entdeckt hatte.

Es spukt tatsächlich ...

Axel hatte den rechten Arm ausgestreckt und deutete mit zitternden Fingern auf eine Stelle des Steinbodens. „Dort hat doch der Tote gelegen“, sagte er leise.

„Ja ...“, hauchte Poppi. „Aber ... jetzt ist er weg!“

Die vier Freunde blieben dicht aneinander gedrängt. Langsam, Schritt für Schritt, näherten sie sich dem Ort, an dem erst vor wenigen Minuten der Tote aus der Decke gestürzt war. Auf den steinernen Fliesen war nicht die geringste Spur zu entdecken. Kein Fleck, kein Blut, keine Haare, kein Stofffetzen, nichts. Die Platten sahen wie frisch abgewischt aus.

Ängstlich blickten die vier Freunde nach oben. Auch das Holz über ihren Köpfen schien völlig unberührt. Geheime Öffnung oder Falltür war keine zu erkennen. Die dunklen, geschnitzten Holzbalken wirkten massiv und ohne Spalten und Ritzen.

„Versteht ihr das?“, wandte sich Axel an seine Kumpel. „Wir haben die Leiche doch mit eigenen Augen gesehen ... Ich meine, wir wissen nicht, ob der Mann wirklich tot war. Er hat nur wie tot ausgesehen, aber eigentlich ist das auch egal“, fügte er ziemlich kraftlos hinzu.

„Ihr könnt alle sagen, dass ich einen Vogel habe“, begann Poppi, „aber in diesem Castillo spukt es. Und ich meine, es spukt wirklich. Keine faulen Tricks ... das hier ist wie bei *Poltergeist* – oder sogar schlimmer!“

Lieselotte schaffte es normalerweise immer, einen halbwegs klaren Kopf zu behalten. In dieser Nacht gelang es aber auch ihr nur schwer. Sie wurde das Gefühl nicht los, dass überall Angreifer lauerten. Plötzlich fiel dem Superhirn etwas ein: „Wo ist eigentlich Señor Sebastian? Er hat vorhin auf dem Gang gerufen und jetzt ist er verschwunden."

Die vier hielten erschrocken den Atem an und versuchten abermals, verräterische Geräusche aufzuschnappen. „Hallo … Señor Sebastian!", rief Dominik zaghaft.

Die Antwort war ein langer, hoher Schrei. Er brach ab und danach herrschte wieder Stille.

„Das war Señora Isabella", stieß Dominik hervor. „Ich habe sie erkannt. Aber wo ist sie? Was hat sie? Ich glaube, jemand hält ihr den Mund zu. Der Schrei wurde erstickt!"

Lieselotte räusperte sich, holte tief Luft und rief, so laut sie es im Augenblick schaffte: „Señora Isabella! Wo sind Sie? Sagen Sie es uns!" Schaurig hallten ihre Worte durch die dunklen Gänge und Säle des Schlosses.

„Hilfe… Hilfe!… Im Keller!" Die Stimme der Señora klang angsterfüllt, gequält und gepresst.

„Wo ist der Keller?", fragte Dominik leise.

„Na, wo schon?", fauchte Lilo. „Unter dem Dach natürlich, wo ein Keller immer ist!"

Dominik stampfte wütend mit dem Fuß auf. „Du brauchst dich gar nicht so aufzuspielen, Frau Supergut! Du denkst, du hättest die Weisheit mit Löffeln gefressen, aber du irrst dich!"

Selbst in dieser angespannten Lage musste Lilo über die komplizierte Ausdrucksweise ihres Kumpels schmunzeln. „Der Keller befindet sich natürlich unter dem Erdgeschoss!", meinte sie etwas spöttisch. „Allerdings hat uns Señor Sebastian diesen Teil des Castillos nie gezeigt. Wir müssen den Abgang erst suchen."

Allein der Gedanke daran ließ Poppi erschauern. „Ich … ich will nicht!", stieß sie leise hervor.

„Dann musst du im Zimmer auf uns warten", antwortete Lieselotte. „Señora Isabella braucht Hilfe. Wir können sie nicht im Stich lassen."

Nein, allein in einem Zimmer, in dem es spukte, würde Poppi niemals bleiben. Da kam sie lieber mit.

Die Knickerbocker holten ihre Taschenlampen und knipsten sie an. Axel und Dominik leuchteten nach vorn. Die Mädchen ließen die Lichtkegel ihrer Lampen über die Wände und die Decke wandern, damit ihnen auch bestimmt nichts entging. Drohte vielleicht ein neuer Angriff von oben? Gab es hier tatsächlich Gespenster oder übernatürliche Erscheinungen?

Stufe für Stufe stiegen die vier Abenteurer nach unten. Endlich hatten sie die weitläufige Halle erreicht, die zwei Stockwerke hoch war. Sieben Türen führten davon weg.

„Bei fünfen weiß ich, wohin sie führen", murmelte Lieselotte. „Hinter zwei Türen habe ich noch nie gesehen." Das Mädchen gab den anderen einen Wink mitzukommen. Es lief zu einer schwarzen Holztür, drückte die schmiedeeiserne Klinke nach unten und öffnete. Hinter der Tür befand sich … eine Mauer.

„Wie bitte?", keuchte Axel aufgeregt und klopfte mit den Fingerknöcheln gegen die kalten Ziegel.

Lieselotte war darüber nicht sehr erstaunt. „Ist dir noch nicht aufgefallen, dass in diesem Schloss einige Türen einfach nur auf die Mauer geklebt sind? Es gibt auch Treppenhäuser, die plötzlich im Nichts enden. Ich habe sogar schon Gänge entdeckt, die im Kreis führen. Du gehst und gehst und kommst dort wieder an, wo du losmarschiert bist."

„Hilfeeeee!", schallte die verzweifelte Stimme der Señora wieder durch die Nacht. Es blieb keine Zeit, über die seltsamen Türen und Gänge nachzudenken.

„Ich bin sicher, dass sich der Kellerabgang hinter dieser Tür versteckt!", meinte Dominik. Er öffnete sie und leuchtete mit der Taschenlampe in ein gewundenes Treppenhaus. „Hallo… Señora Isabella?", rief er nach unten.

„Kommt… schnell!", meldete sich die Frau und klang dabei näher und lauter als vorhin.

„Super, Dominik", lobte Lieselotte ihren Knickerbocker-Freund. Sie blickte in die Tiefe, nickte den anderen zu und marschierte voran. Wie ein Bohrer drehte sich die Wendeltreppe nach unten. An den Wänden konnten die Junior-Detektive erkennen, dass das Treppenhaus direkt in den Fels gehauen und zweifellos nicht verputzt worden war. Aus dem Gestein tropfte an mehreren Stellen das Wasser und machte die Stufen glitschig.

„Was… gibt's dort unten?", meldete sich Poppi zaghaft.

„Wissen wir nicht. Wir sind keine Hellseher!", knurrte Lieselotte gereizt.

„Wie ist Señora Isabella in den Keller gekommen?", murmelte Dominik vor sich hin.

„Woher soll ich das alles wissen?", tobte Lilo, der langsam aber sicher die Nerven durchgingen.

Schweigend legte die Bande das letzte Stück des Abganges zurück und betrat einen stockfinsteren Raum. Das Echo ihrer Schritte deutete ihnen an, dass es sich um ein weitläufiges, hohes, kahles Gewölbe handeln musste.

Die Knickerbocker-Freunde zogen die Köpfe ein und blickten ängstlich nach allen Seiten. Das Licht ihrer Taschenlampen zeigte ihnen, dass ihr erster Eindruck richtig gewesen war. Vor ihnen lag ein lang gezogener, breiter Raum mit zahlreichen Gewölbekuppeln und hunderten Stützpfeilern, jeder von einer anderen Farbe und Form. Das Tückische daran war, dass die Pfeiler wie Baumstämme die Sicht verstellten. Nur wenn die Junior-Detektive hin und her und gleichzeitig vorangingen, konnten sie erkennen, was sich dahinter befand. Es blieb ihnen also nichts anderes übrig, als sich durch den Säulenwald zu kämpfen.

Axel wagte endlich heiser „Ha... hallo... Señora Isabella!“ von sich zu geben. Die Antwort war schwach, kam aber eindeutig von rechts. Die vier Freunde tappten in die Richtung und erreichten eine weitere schwarze Tür aus grob gezimmertem Holz.

Lieselotte packte den Türgriff und zog daran. Fast lautlos schwenkte die massive, knorrige Holzplatte auf und gab den Blick auf ein schauderhaftes Zimmer frei.

Axel, Lilo, Poppi und Dominik blieb die Luft weg. „Eine Folterkammer“, japste Axel.

„Eine Folterkammer, in der eine Uhr tickt“, ergänzte Dominik.

Tatsächlich war in dem Raum ein gleichmäßiges Ticktack zu hören. Es klang metallisch, hoch und scharf und hörte sich nach kaltem Stahl an.

Bisher war der Bande nur die hölzerne Streckbank mit den Hand- und Fußfesseln und dem mörderischen Streckrad aufgefallen. Mit zitternden Händen richteten sie die Taschenlampen jetzt auch auf die anderen „Einrichtungsstücke“. Eines war schauerlicher als das andere. Es gab hier zum Beispiel Kohlenschuhe aus Eisen. In diese eimergroßen Behälter waren früher glühende Kohlen geleert worden, auf die der Sträfling treten musste. An der Wand hingen Grauen erregende Zangen, mit denen – oft völlig Unschuldigen – die Zehen- und Fingernägel ausgerissen worden waren. Neben den Peitschen entdeckten die Junior-Detektive einen hohen Schrank aus Eisen. Er hatte die Form eines Menschen. „Sieht ein wenig wie ein Mumiensarg aus!“, stellte Dominik fest. „Wir haben ähnliche Truhen in Ägypten gesehen, als wir damals die Sache mit der Rache der roten Mumie* gelöst haben!“

Axel schüttelte langsam den Kopf. „Das ist kein Mu-

---

*Siehe Knickerbocker-Abenteuer Nr. 17: „Die Rache der roten Mumie“.

miensarg, das ist etwas viel Schrecklicheres. Es handelt sich um eine eiserne Jungfrau. Diese Kiste kannst du aufklappen. An den Innenseiten der Deckel befinden sich lange spitze Dornen. Wenn jemand in die eiserne Jungfrau gestellt wird, hat er keine Chance. Wird dieses Folterinstrument geschlossen, bohren sich die Stacheln durch seinen Körper!"

Poppi schlug sich die Hände vor den Mund und flehte: „Hör auf… aufhören. Oder macht es dir etwa Spaß, diesen Horror zu erzählen?"

Axel schüttelte erneut den Kopf.

Es war Dominik, der schließlich das Entsetzlichste entdeckte. „Eine Hand… da hängt eine Hand aus der eisernen Jungfrau!", wimmerte er.

Lieselotte hatte einen dicken Kloß im Hals, an dem sie schwer würgte. Sie wollte nur weg von hier. Raus! Am liebsten sofort raus aus dem Castillo. Aber zuerst mussten der Schlossbesitzer und seine Frau gefunden werden.

Das Mädchen leuchtete auf die Hand und bekam einen zusätzlichen Schreck: „Die Hand… bewegt sich!"

„Señora Isabella…?", stieß Lilo hervor.

„Hilfe!", kam es dumpf aus der eisernen Jungfrau.

Die Knickerbocker-Freunde näherten sich dem Folterinstrument und untersuchten es. „Das Ding ist nicht richtig geschlossen… nur angelehnt. Und die beiden Hälften wurden mit einem Drahthaken zusammengebunden", stellte Axel fest.

Er entfernte den Draht und öffnete den schrecklichen Schrank. Völlig steif und zitternd vor Angst hockte Señora Isabella darin. Sie trug ein dünnes weißes Nachthemd und war barfuß. Sie musste entsetzliche Minuten in der eisernen Jungfrau verbracht haben. Die Dornen waren nämlich so nahe an ihrem Körper gewesen, dass jede unvorsichtige Bewegung eine schwere Verletzung hätte bedeuten können.

„Wie kommen Sie da hinein?“, wollte Lieselotte erfahren.

Die Frau schaffte es kaum, zu antworten. Die Jungen halfen ihr auf die Beine und stützten sie bei den ersten taumelnden Schritten. „Ich … weiß es nicht, aber … ich bin da drin aufgewacht und habe die Stacheln an meinem Körper gespürt. Ich konnte mich keinen Zentimeter bewegen, sonst wäre ich aufgespießt worden!“ Schluchzend sank die Frau zu Boden und Poppi kauerte sich neben sie.

Tick-tack-tick-tack! Das hohe, scharfe Ticken hatte noch immer nicht aufgehört. Jetzt erst bemerkten die Junior-Detektive, dass die Folterkammer einen kleinen Nebenraum hatte. Darin befand sich ein wuchtiger Tisch, auf dem etwas lag. Es war aber nicht zu erkennen, worum es sich handelte, da eine graue Decke darüber geworfen worden war.

Lilo stieß einen kurzen Schrei aus. „Seht mal, was über dem Tisch hängt!“, keuchte sie.

Die Jungen zuckten zusammen, als sie das riesige, blitzende Messer erblickten. Es hatte die Form eines Wiegemessers und war mindestens einen Meter lang. Es hing an einer Eisenstange und schwang wie ein Pendel hin und her. Am höchsten Punkt ertönte immer ein Tick oder ein Tack.

„Das Messer kommt immer tiefer“, stellte Dominik entsetzt fest. „Es wird demnächst die Decke zerschneiden!“

Lilo schoss ein grässlicher Gedanke durch den Kopf. Sie sprang zu dem Tisch und riss das Tuch an sich. Darunter kam der zusammengekrümmte, bewusstlose Señor Sebastian zum Vorschein.

Nur noch wenige Pendelschwünge – und das Messer würde ihn schwer verletzen.

„Los, helft mir, ihn vom Tisch zu ziehen!“, schrie Lieselotte.

Axel und das Mädchen packten den Schlossbesitzer an den Schultern und zogen und zerrten mit aller Kraft. Zum Glück ist der Typ kein Fresssack, dachte Lilo und stutzte. Obwohl Señor Sebastian äußerst schlank war, brachten sie ihn nicht vom Fleck.

Axel entdeckte den Grund: „Er ist angeschnallt… mit eisernen Fußfesseln… Und sie sind abgesperrt!“, rief er voller Entsetzen.

Tick-tack-tick-tack! Das Messerpendel war höchstens noch fünfzig Zentimeter vom Rücken des Mannes entfernt. „Los, irgendwo müssen die Schlüssel sein!“, rief Lieselotte. „Oder versuch die Fesseln aus dem Holz zu reißen!“

Axel rüttelte und werkelte, aber er schaffte es nicht, die Eisenbänder zu öffnen. Lilo stieß ihn ungeduldig zur Seite und versuchte es selbst. Auch sie hatte nicht mehr Glück. Die polierte, silbrig glänzende Schneide senkte sich tiefer und tiefer. Jeder Schwung senkte das scharfe Messer zwei Finger breit nach unten.

Axel und Lieselotte rissen mittlerweile gemeinsam an den Fußfesseln, die mit langen Schrauben in dem harten Holz befestigt waren.

„Keine Chance!“, ächzte Axel. „Wir müssen Señor Sebastian zur Seite ziehen!“

„Bist du wahnsinnig, dann brechen wir ihm die Beine!“, schnaubte Lilo.

„Besser gebrochene Beine als aufgeschlitzt!“, lautete Axels Meinung dazu. Doch dann entdeckte er noch etwas. „Eine Hand ist ebenfalls an den Tisch gefesselt… mit einem Eisenband. Wir können Señor Sebastian nicht zur Seite ziehen!“, schrie er.

Noch vier oder fünf Schwünge, dann würde das Wiegemesser den Körper des Mannes erreicht haben.

„Sebastian, um Himmels willen!“, schrie seine Frau, als sie erkannte, was los war.

Klick – das Messer pendelte zur anderen Seite und es ertönte ein Klack. Wieder rutschte es ein Stück tiefer. Axel und Lieselotte starrten das Ding an, als wollten sie es hypnotisieren. Tatenlos und völlig hilflos standen sie da.

Dominik streckte seine Hände aus und marschierte wie eine mechanische Puppe zum einen Ende des Tisches. Als das Messerpendel kam, schnappte er danach und versuchte es festzuhalten. Der kalte Stahl hatte aber zu viel Schwung und entglitt seinen Fingern wieder. Er schwang abermals zur Seite und rutschte noch tiefer. Als er wieder zurückkam, packte Dominik ihn noch einmal, diesmal allerdings mit aller Kraft, die er aufbringen konnte. Das Messer war bedeutend schwerer, als er gedacht hatte, und zog ihn ein kleines Stück auf den Tisch. Der Junge ließ trotzdem nicht los und hielt es fest. Zwischen der scharfen Schneide und der Haut von Señor Sebastian war nur noch drei Fingerbreit Platz. Aber nun stand das tödliche Pendel endlich still.

Es dauerte einige Sekunden, bis die Knickerbocker-Kumpel wieder zu sich kamen. Alle vier waren von dem Schrecken wie betäubt und benebelt. Wie Marionetten, denen jemand die Fäden durchgeschnitten hatte, stolperten und taumelten sie durch den düsteren Raum. Axel entdeckte einen Schlüsselbund auf dem Boden unter dem Foltertisch, auf dem Señor Sebastian lag. An ihm befand sich auch der Schlüssel, mit dem die Hand- und Fußeisen gelöst werden konnten.

Die vier Freunde packten den bewusstlosen Mann. Die Mädchen hielten die Beine, die Jungen die Arme. So zerrten sie ihn aus der Folterkammer. Señora Isabella erhob sich mühsam und folgte ihnen.

Die Bande musste sich sehr anstrengen, um den Schlossbesitzer über die enge Treppe nach oben zu schaffen. „In die Bibliothek“, stieß seine Frau hervor und deutete nach oben. Keuchend und stöhnend zogen sie den Señor über die Stufen, durch den Gang, in dem der Spuk begonnen hatte, bis zu einer hohen, zweiflügeligen Tür. Señora Isabella öffnete den Freunden und knipste das Licht in dem Raum an, der dahinter lag.

Es handelte sich dabei um einen kleinen Saal, der viel höher war als die anderen Zimmer. Er schien über zwei Stockwerke zu gehen. An der linken und der rechten Wand des Zimmers befanden sich Bücherregale, die vom Fußboden bis zur Decke reichten. In den Regalen reihte sich ein Buch an das andere. Auf den ersten Blick war kein einziger freier Platz zu erkennen. Zwischen den Regalen lud ein dick gepolstertes Sofa zum Hinsetzen und Schmökern ein. Auf dieses Sofa legten die Knickerbocker den Mann. Erschöpft ließen sie sich auf den Boden sinken. Die Señora kniete sich neben ihren Gemahl, strich mit der Hand über seine kalten, eingefallenen Wangen und redete leise auf ihn ein.

„Das kann doch alles nur ein Albtraum gewesen sein!“, sagte Lieselotte. „Wie ist so etwas möglich? Wer hat Señor Sebastian in diese grauenhafte Folterkammer gebracht? Wie ist Señora Isabella dorthin gekommen?"

Die schlanke, stattliche Frau richtete sich auf und blickte die Kinder lange an. Dominik war an der Señora besonders ihre Haltung aufgefallen. Sie stand immer kerzengerade, als ob sie einen Besen verschluckt hätte. Ihr hellblondes Haar fiel ihr nur in der Nacht offen über die Schultern. Bei Tag hatte sie es hochgesteckt.

„Ich habe keine Erklärung für die Vorkommnisse", begann die Schlossbesitzerin. „Ich erinnere mich nur daran, in meinem Bett eingeschlafen zu sein. Als ich erwachte, spürte ich die spitzen Dornen rund um mich. Es dauerte eine kurze Weile, bis ich erkannte, wo ich mich befand. Ihr könnt euch meinen Schock vorstellen, als ich bemerkte, dass die eiserne Jungfrau geschlossen war. Ich konnte nicht aus dem Folterinstrument entkommen. Meine Beine waren bereits eingeschlafen. Mein Rücken und meine Arme verkrampften sich. Anlehnen war undenkbar. Ich hätte mich schwer verletzt dabei. Aber dann habe ich eure Rufe gehört und geantwortet. Wieso seid ihr wach? Es muss tief in der Nacht sein!"

Dominik warf einen Blick auf seine Armbanduhr. „Es ist drei Uhr in der Früh!", antwortete er.

Señora Isabella schien die Knickerbocker mit ihren Augen zu durchbohren. „Was habt ihr um diese Zeit auf dem Gang zu suchen?", fragte sie, und ihre Stimme klang wie bei einem Verhör. „Wolltet ihr vielleicht Gespenster spielen und uns verulken? Dies ist kein Internat. Für Scherze dieser Art ist hier kein Platz!"

„Nein, nein, wieso unterstellen Sie uns so etwas?",

protestierte das Superhirn. Allerdings beschloss Lieselotte, nicht die Wahrheit zu sagen. Die Junior-Detektive hatten Señor Sebastian versprochen, niemandem – auch nicht seiner eigenen Frau – von seinen Ängsten und Erlebnissen zu erzählen. Aus diesem Grund erwiderte das Superhirn: „Wir sind von einem Geräusch geweckt worden. Auf dem Gang hat es gekracht und etwas Schweres ist zu Boden gefallen. Deshalb haben wir aus unseren Zimmern geschaut und…“, das Mädchen schluckte, „eine Leiche gesehen. Wir haben Ihren Mann angerufen und er ist auch sofort gekommen. Er hat uns gerufen, ist aber plötzlich verstummt und verschwunden gewesen.“ Dominik schilderte, wie der geheimnisvolle Wanderer über ihren Köpfen auf- und abmarschiert war und das Telefon zu läuten begonnen hatte, obwohl nicht aufgelegt war.

„Die Leiche war verschwunden, Ihr Mann aber auch!“, schloss Lilo den Bericht. „Wie ist er in die Folterkammer hinuntergekommen?“

„Bitte geht, bevor es zu spät ist!“, sagte Señora Isabella zu den Knickerbocker-Freunden. „Ich war immer dagegen, dass ihr zu uns kommt. Die Zeit ist ungünstig. Sebastian geht es nicht gut. Er ist krank. Ich muss es euch jetzt sagen. Mein geliebter, tapferer, edler Sebastian hat große Probleme, die er vor mir verheimlichen will. Doch ich weiß, wie es um ihn steht. Ich habe einen schrecklichen Verdacht.“

Die Knickerbocker-Freunde sahen Señora Fernandez fragend an. „Ich fürchte, Sebastian weiß nicht mehr, was er tut. Er führt… zwei Leben. Es gibt den lieben, den lustigen, den Tierschützer Sebastian. Und es gibt das Monster Sebastian, das für die Ereignisse dieser Nacht verantwortlich ist. Eigentlich wollte ich euch nichts davon sagen, aber ihr müsst es jetzt wissen. Geht weg, bevor es zu spät ist. Fliegt in eure Heimat zurück. Ich kann euch der Gefahr nicht aussetzen, die Sebastian darstellt!“

Unsichtbare Gefahr

Damit hatten die Knickerbocker-Freunde nicht gerechnet. Die vier waren aus einem ganz anderen Grund nach Spanien gekommen. Waren sie auf einen plumpen Schwindel hereingefallen?

Sebastian Fernandez hatte im Tierklub, in dem Poppi Mitglied war, einen Vortrag über den Stierkampf gehalten. Er war ein aktiver Tier- und Umweltschützer und reiste kreuz und quer durch Europa. Seit einige Fernsehsender in der Nacht Stierkämpfe zeigten, versuchte er, die Menschen von der Grausamkeit dieses „Volkssportes“ zu überzeugen. „Schreibt an die Fernsehanstalten, damit diese Sendungen eingestellt werden“, hatte er die jungen Tierschützer gebeten. „Sonst müssen noch viele Stiere ihr Leben lassen. Zur Erheiterung der Menschen werden sie brutal und würdelos niedergemetzelt.“

Poppi hatte nach dem Vortrag lange mit Sebastian Fernandez geredet. Der drahtige, große Mann war ihr sehr sympathisch. Er hatte ein kämpferisches Funkeln in den Augen, das dem Mädchen Mut machte. Seine Haut war auch im Winter sonnengebräunt und wirkte ein wenig wie Leder. Señor Fernandez besaß nur noch einen schütteren Haarkranz, der sich von einem Ohr zum anderen um seinen Kopf zog. Diese Haarsträhnen waren teils noch schwarz, teils grau, teils weiß und hingen ihm bis auf die Schultern herab. Der Mann wirkte, als wäre er einem Abenteuerfilm entsprungen, und das faszinierte Poppi.

Sie hatte ihm auch von ihren Knickerbocker-Kumpeln erzählt und die zahlreichen Erlebnisse geschildert, die die Bande bereits hinter sich hatte.

Einige Wochen später – es war Anfang April – traf eine Einladung von Señor Fernandez für die ganze Knickerbocker-Bande ein, nach Spanien zu kommen. In Barcelona fand zur Osterzeit ein Jugendtreffen zum Thema „Tier- und Umweltschutz“ statt, bei dem Sebastian Fernandez verschiedene Vorträge halten sollte. Die vier Freunde hatten Gelegenheit, an diesem Treffen teilzunehmen und neue Freunde aus aller Welt kennen zu lernen. Außerdem wollten die Jugendlichen gegen den grausamen Stierkampf protestieren.

Wohnen sollten Axel, Lilo, Poppi und Dominik im Castillo der Familie Fernandez, das sich direkt an der Küste befand.

Die Eltern der Junior-Detektive hatten schließlich dieser Reise zugestimmt. Was sollte bei einem Jugendtreffen schon geschehen? Sie dachten, dort wären die vier Abenteurer vor allen Gefahren und vor neuen „Fällen“ geschützt.

Dieser Gedanke war ein Beweis dafür, wie leicht Eltern sich irren konnten. Gleich bei der Ankunft in Barcelona war Poppi aufgefallen, dass mit Sebastian Fernandez etwas nicht stimmte. Das Funkeln war aus seinen Augen verschwunden. Er hatte plötzlich tiefe Furchen und Falten im Gesicht und schien bereits einige Nächte nicht geschlafen zu haben.

Auf der Fahrt aus der Stadt zum Schloss hatte er den Junior-Detektiven den wahren Grund der Einladung gestanden. „Ich … ich … habe ein schlechtes Gewissen, weil ich euch eigentlich aus einem anderen Grund nach Spanien holen wollte", begann Señor Sebastian. „Poppi hat mir von euren Abenteuern erzählt und ich bin deshalb auf die Idee gekommen, euch um Hilfe zu bitten."

Lieselotte hatte in diesem Moment aufgehorcht. „Hilfe? Wobei sollen wir Ihnen helfen?"

„Ich werde bedroht. Ich werde von unsichtbaren Mächten und Kräften bedroht. Angefangen hat es vor sechs Wochen, als ich von meiner Tour durch Europa zurückgekommen bin. Wenn ich durch mein Schloss gegangen bin, hatte ich plötzlich das Gefühl, als wäre jemand hinter mir her. Wenn ich stehen geblieben bin und mich umgedreht habe, war aber niemand zu sehen. Doch ich habe Schritte gehört. Ich schwöre es.

Vor zwei Wochen stand ich unter der Dusche. Während ich mich gewaschen habe, hat sich das Wasser mit einem Schlag blutrot verfärbt. Versteht ihr, *ich* habe nicht geblutet. Aus dem Brausekopf strömte rote Flüssigkeit. Ich bin beinahe ausgeglitten und gestürzt. Einige Sekunden später war der Spuk vorbei. Das Wasser war wieder klar. Die roten Spritzer am Rand der Wanne sind von allein verschwunden. Ich hatte also keine Beweise für mein Erlebnis. Aber das ist noch nicht alles. Die Klinke der Tür zu meinem Büro war eines Abends glühend heiß. Ich kann euch die Narben der Brandblasen zeigen. Dieser Raum war abgesperrt und besitzt keine Fenster. Trotzdem scheint jemand immer wieder einzudringen und … Blut … eimerweise Blut … über meinen Schreibtisch zu schütten. Aber ich weiß nicht, wie das möglich ist. Den einzigen Schlüssel zur Tür besitze ich.

Das Schrecklichste für mich ist allerdings der unsichtbare Verfolger. Immer wieder taucht er auf. Ich kann ihn genau hören. Er trägt schwere Schuhe. Er verfolgt mich, aber ich kann ihn nicht sehen. Er bedroht mich. Er… ich gebe es zu… jagt mir höllische Angst ein. Ich kann kaum noch schlafen. Tagsüber finde ich keine Ruhe mehr. Aber ich wage es nicht, mit meiner Frau darüber zu reden. Die Erscheinung kommt selbst mir… verrückt vor. Sie wird mich für… krank halten, aber das bin ich nicht. Ich kannte früher keine Furcht. Bitte sagt mir, ob ich einer Wahnvorstellung unterliege oder… ob ihr dieselben Beobachtungen macht!“ So lautete die Bitte des Mannes. Seiner Frau sollten die Knickerbocker nichts verraten.

Als die Bande mit ihrem Gastgeber schließlich bei dem Castillo ankam, lief ihnen zum ersten Mal ein Schauer über den Rücken.

Das Schloss befand sich auf einer hohen Klippe und blickte stolz auf das offene Meer hinaus. Es bestand aus zahlreichen kleinen Türmchen, Türmen und Hauptgebäuden, die hellgelb getüncht waren. Zwischen ihnen spannte sich wie eine Wäscheleine eine Burgmauer, die Eindringlinge abhalten sollte.

Daran war noch nichts Furcht erregend. Anders verhielt es sich da schon mit dem Park, der am Fuße des Felsens angelegt war. Er war wild und verwachsen. Die Bäume waren nicht geschnitten und ausgeholzt, sondern noch künstlich ineinander verschlungen worden. Sie bildeten Dächer, die nur wenig Licht durchließen. Selbst bei Tag wirkten die Wege, die zwischen den Pflanzen angelegt waren, düster und bedrohlich. Erstaunlicherweise gabelte sich der Weg auch immer wieder. Was war der Grund dafür?

„Es gibt keinen Grund“, erklärte Señor Fernandez. „Aber seid vorsichtig, wenn ihr hier entlanggeht. Wählt ihr die falsche Abzweigung, kann es geschehen, dass ihr plötzlich und völlig unerwartet in einen Teich oder – schlimmer – in einen tiefen Graben stürzt. Wozu das gut sein soll, kann ich euch nicht sagen. Dieser Park und einige Anbauten an das Schloss wurden von meiner Großmutter angelegt.“

Schließlich hatten Axel, Lilo, Poppi und Dominik das Castillo erreicht und betraten die Halle durch ein hohes Tor. Im Inneren des Castillos lag feuchte, sehr kalte Luft, die die vier Junior-Detektive sofort wieder erschauern ließ. Die dunklen Mauern und die Möbel, die alle aus schwarz gebeiztem Holz gefertigt waren, ließen das Schloss wie eine Gruft erscheinen.

„Bitte bewegt euch vorläufig nur in diesem Haupttrakt. Hier befinden sich alle wichtigen Räume“, hatte der Schlossbesitzer gesagt. „Die Türme und Seitenflügel zeige ich euch später. Ihr könntet euch leicht verirren.“ Leise hatte er noch hinzugefügt: „Der Spuk ist außerdem immer nur hier aufgetreten.“

Bereits in der ersten Nacht hörten auch die vier Junior-Detektive Schritte auf dem Gang. Als sie aber aus dem Zimmer rannten und das Licht anknipsten, war niemand zu sehen. Selbstverständlich blieben sie nicht nur im Hauptgebäude, sondern guckten auch in zahlreiche Nebengänge, Treppenhäuser und unversperrte Zimmer. Der bedrohliche Unsichtbare meldete sich in dieser Nacht aber nicht mehr. Er ließ erst eine Nacht später wieder von sich hören und schien sowohl mit der Bande als auch mit Señor und Señora Fernandez ein bitterböses Spiel zu treiben.

Die Knickerbocker-Freunde hatten es bereits mit einigen Geistern und Gespenstern zu tun gehabt, die sich aber alle bald als höchst menschliche Wesen entpuppt hatten. Diesmal verhielt sich die Sache anders. Das Schloss, die Leiche, die Folterkammer, der gruselige Garten jagten ihnen höllische Angst ein. Die Gefahr konnte überall lauern. Diesmal war die Gefahr nämlich unsichtbar, und das war schlimmer als der gefährlichste Gegner…

Vorsicht, bissig!

In dieser Nacht wollten weder die Knickerbocker noch Isabella Fernandez zurück in ihre Zimmer. „Wir verbringen die restlichen Stunden bis zum Morgengrauen in der Bibliothek“, entschied Señora Fernandez.

Axel, Lilo, Poppi und Dominik waren sofort einverstanden. Jeder suchte sich einen halbwegs bequemen Platz und versuchte zu schlafen.

Längere Zeit war in dem großen, sehr hohen Raum das Schnaufen und Ächzen der Freunde zu hören, die sich von einer Seite auf die andere wälzten, aber keine Ruhe fanden. Erst als schon die ersten Sonnenstrahlen durch das hohe, schmale Fenster hereinfielen, übermannte die vier die Müdigkeit.

Es war bereits kurz vor Mittag, als sie erwachten. Es kostete sie einige Mühe, wieder richtig munter zu werden und sich zurechtzufinden. Nach und nach begannen sie sich auch wieder an die Ereignisse der vergangenen Nacht zu erinnern.

„Wo ist Señor Fernandez?“, rief Poppi. Das Mädchen hatte sich aufgerichtet und in der Bibliothek umgeblickt. Das Sofa, auf das sie den Schlossbesitzer in der Nacht gelegt hatten, war leer. Seine Frau lag aber noch immer auf der Couch daneben.

„Senõra Fernandez, wo ist Ihr Mann?“, bestürmten die Junior-Detektive die Frau.

Die Schlossbesitzerin richtete sich langsam auf. Auch sie schien bis jetzt geschlafen zu haben. „Se... Sebastian...“, murmelte sie. „Sebastian?“

„Er ist nicht da!“, meinte Lilo ungeduldig. „Hat er Sie geweckt? Oder haben Sie etwas gehört?“

Die Señora schüttelte stumm den Kopf.

Draußen vor dem Fenster kreischte jemand. Es war ein wütendes, hohes Kreischen, das von einem Menschen stammen konnte.

Die Knickerbocker hoben die Köpfe. „Wer… ist das?“, fragte Lieselotte leise.

„Ich glaube, es ist… José (sprich: Chosé)“, flüsterte die Frau aufgeregt. Sie sprang auf und rannte aus der Bibliothek hinaus auf den Gang.

Die Junior-Detektive folgten ihr.

Isabella hastete die breite Treppe nach unten und deutete auf die offene Eingangstür. „Die war verriegelt!“, stieß sie hervor.

Sie lief an der Außenmauer entlang zu einem engen Durchgang. Durch ihn gelangten die Knickerbocker und die Frau in einen zweiten Hof, den sie bisher nicht betreten hatten.

Die Bande staunte nicht schlecht, als sie vor einer mindestens fünf Meter hohen Plexiglasscheibe stand, die von einer Mauer zur anderen reichte und den Freunden den Weg versperrte. Hinter dem dicken Glas befand sich noch ein Gitter, doch die Junior-Detektive erkannten das satte, üppige Grün eines feuchten Dschungels.

Señora Isabella rüttelte an der Tür. Doch diese war versperrt. „Sebastian!“, schrie die Frau. „Sebastian, bist du da drin?“

Dominik und Poppi pressten die Gesichter an die Scheibe und versuchten etwas zu erkennen.

„Ein Geist!“, quietschte Poppi. „Zwischen den Blättern springt ein Gespenst herum!“

Lilo warf selbst einen Blick in das Gehege und zuckte zusammen. Poppi hatte Recht. Da war tatsächlich eine weiße Gestalt mit langen Armen. Ein Stück von ihr entfernt stand ein zweites Wesen. Es schimmerte hellblau.

„Das ist Señor Sebastian in seinem blauen Schlafanzug!", erkannte Axel den Schlossbesitzer.

„Das Weiße ist kein Geist", brummte Señora Isabella. „Das ist José, ein weißer Gorilla."

Wieder schallte das schrille, hohe Kreischen über den Burghof. Die weiße Gestalt sprang auf und nieder und schien den Mann angreifen zu wollen. Señor Sebastian redete ununterbrochen auf den Gorilla ein. Seine Stimme klang bemüht sanft und beruhigend.

Im Rückwärtsgang trat der Schlossbesitzer den Rückzug an. Der Gorilla hielt ein wenig Abstand, kam ihm aber nach. Immer wieder fletschte er drohend die gelben Zähne und schlug mit einer Pranke um sich. Señor Fernandez tastete mit der Hand nach hinten. Er suchte das Schloss der Tür. Zwischen den Fingern hielt er einen modernen Sicherheitsschlüssel, den er zitternd in das Schlüsselloch steckte.

Die Knickerbocker-Bande verfolgte alles mit angehaltenem Atem. Der Gorilla schien äußerst gereizt zu sein und sich jederzeit auf den Mann stürzen zu können. Das Schloss klickte und die Tür schwang auf. Sebastian Fernandez hechtete hinaus und Axel warf sich geistesgegenwärtig gegen die Tür. Keine Sekunde zu früh. Kaum war das Schloss wieder eingerastet, warf der weiße Gorilla sich schon gegen die Scheibe. Das Tier wollte angreifen.

Sein Gesicht war wutverzerrt. Es prallte fast genau

an der Stelle gegen das Plexiglas, an der Poppi stand. Das Mädchen wich erschrocken ein paar Schritte zurück. Die Fratze, die sich da gegen das Glas presste, war zu schockierend und abstoßend.

Wortlos waren sich Señor und Señora Fernandez in die Arme gefallen. „Er ist plötzlich wild geworden“, berichtete der Mann verzweifelt. „Mein kleiner Engel, der keiner Fliege etwas zu Leide tut, wollte mich angreifen. Mein José!“ Sebastian Fernandez war fassungslos. „Er hat sich von mir bedroht gefühlt, dabei weiß er doch, dass ich ihm nichts tue. Er muss erschreckt oder gereizt worden sein.“

„Komm ins Haus“, meinte seine Frau. „Komm, wir frühstücken zuerst einmal.“

Das Frühstück fand auf einer Terrasse statt, von der aus man auf das Meer und hinunter auf den verwachsenen Garten blicken konnte. Obwohl die Sonne bereits hoch am Himmel stand, mussten sich die Knickerbocker-Freunde dicke Jacken anziehen. Ein kühler Wind wehte um die Türme des Schlosses. Nach einer Tasse Kaffee und einem belegten Brot traute sich Lieselotte als Erste, die Frage zu stellen, die allen auf der Zunge brannte. „Señor Sebastian, was ist heute Nacht geschehen?“

Der Mann ließ sich mit der Antwort Zeit. Dominik beobachtete ihn genau und hatte plötzlich ein seltsames Gefühl. Hier wird immer so getan, als wäre alles in Ordnung. Señor und Señora Fernandez spielen miteinander Verstecken, dachte er.

„Ich erinnere mich an euren Anruf. Ihr habt von einem Mord und einem Toten auf dem Gang gesprochen. Ich bin im Schlafanzug zu euch gelaufen, aber auf dem Gang war nichts. Das heißt, ich habe einen Schatten… gespürt… hinter mir. Und das Nächste, woran ich mich entsinnen kann, ist der Morgen. Ich lag auf dem Sofa in der Bibliothek und draußen hat José in seinem Gehege getobt. Ich dachte, er hat Hunger, und bin zu ihm gegangen. Dabei habe ich euch alle gesehen und war verwundert."

Axel forschte weiter: „Haben Sie in der Nacht Ihre Frau gesehen, als Sie aus dem Bett gestiegen sind? Lag sie neben Ihnen?"

Fernandez verneinte. „Ich habe nicht nachgeschaut", gestand er. „Ich war so aufgebracht, weil ihr von einem Mord gesprochen habt."

Reichlich verwirrt, der gute Mann!, fiel Lieselotte dazu ein.

Das elektronische Piepsen eines schnurlosen Telefons ertönte. Señora Isabella griff in die Tasche, zog ein weißes Kästchen heraus und klappte es auf. Sie unterhielt sich kurz auf Spanisch und schloss das Telefon wieder. „Dr. Mato ist hier, Sebastian", sagte sie zu ihrem Mann. „Ich habe ihn angerufen, weil ich mir Sorgen um dich mache. Bitte, lass dich untersuchen. Soll ich ihn zu deinem Arbeitszimmer führen?"

„Nein, nein." Señor Fernandez war schlagartig sehr aufgebracht. „Ich werde mit Mato reden… in der Bibliothek. Entschuldigt mich bitte, wir reden später weiter!", sagte er zur Knickerbocker-Bande. Er und seine Frau verließen die Terrasse.

„Und was jetzt?", sagte Poppi. „Ich meine, reicht es euch oder wollt ihr noch mehr von diesem Horror? Ich schlafe jedenfalls keine Nacht mehr in diesem Spukschloss!"

Lieselotte versuchte ihre Freundin zu beruhigen. „Ehrlich gesagt, *ich* habe nicht genug. Ich möchte mehr erfahren. In diesem Schloss hat gestern Nacht ein Mord stattgefunden, aber keiner redet mehr davon!"

Axel war auch klar, wieso. „Weil niemand den Toten kennt und außer uns keiner die Leiche gesehen hat."

Lilo fiel ein Spruch ein, den ihre Großmutter öfter zu ihr gesagt hatte: „Du brauchst in der Dunkelheit keine Angst zu haben. Es ist nämlich in der Nacht nichts anders als bei Tag. Es fehlt nur das Licht. Sage dir das immer laut vor." Das Superhirn hatte schon weitergedacht. „Sebastian Fernandez behauptet, dass es in seinem Schloss spukt. Das können wir nur bestätigen. Auch wir haben die Schritte gehört und sogar eine Leiche aus der Gangdecke fallen sehen. Seine Frau und er sind auf mysteriöse Weise in die noch mysteriösere Folterkammer gebracht und dort fast... na ja... fast umgebracht worden. Ohne uns wären sie verloren gewesen..." Lilo stockte. Dieser Gedanke war ihr erst jetzt gekommen. „Denkt an unsere anderen Fälle zurück. Jeder Spuk hat eine Erklärung gehabt. Hinter allen Geistern haben höchst menschliche Wesen gesteckt. Bestimmt ist es auch hier so."

Axel, Poppi und Dominik schwiegen. Die Schrecken, die sie in den vergangenen Stunden durchgemacht hatten, begannen erst jetzt richtig zu wirken. In ihren Köpfen breitete sich ein kaltes Grauen und die Angst vor unbekannten, unsichtbaren, lauernden Feinden aus.

Lieselotte bemerkte das und versuchte sich nicht anstecken zu lassen. Das war allerdings nicht so einfach. Behalte einen klaren Kopf und bleib cool, sagte sie sich im Geiste vor. Das war eine Regel, die Lilo von ihrem Vater – einem Ski- und Kletterlehrer – gelernt hatte. Sie hatte der Knickerbocker-Bande schon öfter geholfen.

Das Mädchen packte Axels Handgelenk und tippte auf die brandneue Uhr des Jungen. Axel war wild auf Uhren und besaß eine ganze Sammlung davon. „Die hast du doch aus China mitgebracht", meinte Lilo.* „Diese Uhr kann alles Mögliche messen, nicht wahr?"

Axel nickte. „Sie misst die Temperatur und den Luftdruck. Sie hat ein Barometer eingebaut, das dir sagt, ob das Wetter besser oder schlechter wird. Außerdem kann sie die Höhe messen. Zum Beispiel kann ich die Anzeige am Fuße eines Berges auf null stellen. Wenn ich dann zu wandern beginne, zeigt mir die Uhr, wie hoch ich bin."

Genau das hatte das Superhirn hören wollen. „Misst die Uhr auch kleine Höhenunterschiede? Also zwei Meter, drei Meter oder so?", wollte Lilo wissen.

Axel nickte abermals.

„Dann komm mit. Deine Uhr kann uns vielleicht auf die Spur der Geister bringen", sagte Lieselotte und zerrte den Jungen hinter sich her in das Castillo.

Poppi und Dominik blieben auf der Terrasse zurück. „Ich… mag da nicht hinein, wenn es nicht unbedingt sein muss", sagte das Mädchen. „Ich bleibe lieber in der Sonne."

Dominik hatte anderes vor. Er wollte sich in der Bibliothek umsehen. Bücher zogen ihn an wie ein Magnet.

---

*Siehe Knickerbocker-Abenteuer Nr. 23: „Die Drachen-Dschunke".

Der Knickerbocker-Bande stand ein aufregender Vormittag mit vielen neuen Entdeckungen bevor. Aber davon ahnten sie noch nichts...

„Was hast du vor?“, wollte Axel wissen, erhielt aber keine Antwort von seiner Knickerbocker-Freundin. Lieselotte lief die Treppe nach unten und weiter durch die Gänge des Ostflügels des Schlosses zum Hauptgebäude, wo sich der Spuk ereignet hatte. Das Ziel des Superhirns war der Gang im ersten Stock, in dem ihre Zimmer, aber auch die Bibliothek lagen.

„Los, stell die Höhenmesseranzeige der Uhr auf null“, forderte Lieselotte ihren Kumpel auf.

„Warum und wozu?“, bohrte Axel weiter.

„Sag ich dir gleich“, lautete Lilos knappe Antwort. Sie hatte ein paar wichtige Ideen im Kopf, die sie unter keinen Umständen vergessen oder verwechseln wollte.

Widerwillig drückte der Junge ein paar Knöpfchen an der Seite der ziemlich großen, schwarzen Uhr. Im rechten oberen Eck der Anzeige blinkte eine Null.

„Komm mit“, rief das Mädchen und packte Axel am Jackenärmel.

„Ich kann allein gehen!“, protestierte der Junge gegen diese Behandlung.

Lieselotte zerrte ihn über den Gang in Richtung Bibliothek. Ungefähr fünfzehn Schritte weiter begann die nächste Wendeltreppe, die nach oben in das zweite Stockwerk des Hauptgebäudes führte. Lilo nahm immer drei Stufen auf einmal und hetzte in die Höhe. „Nimmt das Ding nie ein Ende?“, stöhnte sie und warf einen Blick nach oben. In den engen Windungen des

Treppenhauses war ihr ein wenig schwindlig geworden. Deshalb musste sie sich am Handlauf festhalten. Aber das hinderte sie nicht daran, weiterzustürmen. Lieselotte hatte das Gefühl, von der Spirale der Wendeltreppe hinaufgezogen zu werden.

Endlich hatte sie es geschafft und stolperte in einen engen, sehr langen, sehr düsteren Gang. Keuchend ließ sich das Mädchen auf den staubigen Boden sinken. „Wie hoch … wie hoch sind wir?“, fragte es Axel.

Der Junge setzte sich neben Lilo und drückte den Lichtknopf der Uhr, um die Anzeige ablesen zu können. „Sechs Meter höher!“, meldete er.

Lilo riss die Augen auf. „*Sechs* Meter??? Irre! Das ist Wahnsinn! Das hätte ich nie gedacht. Die Wendeltreppe ist nämlich tückisch. Man verliert völlig das Gefühl für die Höhe.“

Axel wurde ungeduldig. „Okay, und wozu war die Aktion gut?“, wollte er wissen.

Lieselotte zog ihre Taschenlampe heraus und leuchtete den Boden des Ganges ab. Er war gleichmäßig verdreckt und von einer dicken grauen Staub-Sand-Schmutz-Schicht bedeckt. Fuß- oder Schleifspuren waren keine zu erkennen.

Mit dem Finger zeichnete das Mädchen nun einen Querschnitt durch das Schloss in den Staub. Es skizzierte das Grundgeschoss, den ersten Stock und die Wendeltreppe. „Axel, wie hoch ist der Gang vor unseren Zimmern?“, fragte es seinen Kumpel.

„Drei Meter, höchstens vier“, schätzte der Junge.

Lieselotte gab ihm Recht. „Wir sind hier aber im zweiten Stockwerk des Castillos. Und das liegt *sechs* Meter hoch. Was schließt du daraus?“

Axels Miene erhellte sich. „Klar, es gibt einen Zwischenstock, der ungefähr zwei Meter hoch sein dürfte. Aber er hat keine Fenster, die von außen zu erkennen sind.“

Lieselotte knetete ihre Nasenspitze. Das tat sie immer, wenn sie angestrengt nachdachte. „Wer den Zugang kennt, kann sich ohne Probleme in dem Zwischenstock bewegen. Die Holzdecke ist wahrscheinlich der Fußboden dieses geheimen Stockwerks.“ Lilo fiel plötzlich noch etwas anderes ein. „Es gibt ein Zimmer im ersten Stock, das viel höher ist als die anderen.“

„Die Bibliothek!“, sagten Axel und Lieselotte im Chor. Sie sprangen auf und liefen die Wendeltreppe wieder nach unten. Ohne es auszusprechen, wussten beide, wonach sie suchten: Vielleicht befand sich hinter einem der hohen Regale ein Zugang zum versteckten Stockwerk.

Die Knickerbocker stürmten in den Gang und rasten zur hohen schwarzen Holztür der Bibliothek. Als sie nach der Klinke greifen wollten, wurde die Tür von innen aufgestoßen. Señor Fernandez trat heraus in die Halle. Hinter ihm kam ein eleganter, bärtiger Mann in Sakko und Krawatte.

So stelle ich mir einen echten Spanier vor, schoss es Lieselotte durch den Kopf. Der Mann hatte blauschwarzes Haar und lustige, funkelnde Augen. Er trug eine topmoderne Metallbrille und seine Kleidung sah wie aus einem Modejournal aus. Er war der Typ Mann, den Lieselotte aufregend fand.

Als Axel die Blicke seiner Freundin bemerkte, dachte er: Blöde Kuh, verdreh nicht schon wieder so die Glubschaugen!

„Lieselotte, Axel ... das ist Dr. Mato. Alfons Mato“, stellte Señor Fernandez seinen Hausarzt vor.

Der Doktor reichte den Junior-Detektiven die Hände und sagte in fließendem Deutsch: „Ich freue mich, euch kennen zu lernen.“

„Wieso sprechen Sie so gut Deutsch?“, wollte Lilo wissen.

Der Arzt lächelte. „Ich habe in Wien studiert!“

Sebastian Fernandez schien es eilig zu haben. „Ich brauche ein wenig frische Luft“, sagte er und eilte davon.

Lieselotte konnte sich eine Frage nicht verkneifen: „Ist Señor Fernandez krank? Was hat er, Doktor? Seine Frau meint, er hätte ... na ja ... so einen Knacks im Hirn!“

„Einen ‚Knacks‘ haben wir alle!“, meinte er. „Wie es um meinen Patienten steht, darf ich euch nicht sagen. Das verbietet mir die ärztliche Schweigepflicht.“

Enttäuscht schnaubte Lieselotte: „Ahhhhh, wieso ...?“

Doch der Arzt war noch nicht fertig. „Aber ... ich werde euch die Geschichte dieses Castillos erzählen. Ihr könnt euch dann selbst einen Reim auf den Zustand von Señor Fernandez machen.“ Gespannt blickten die Junior-Detektive den Mann an. „Wusstet ihr, dass ihr euch hier in einer Geisterfalle befindet?“, begann Dr. Mato.

Nein, das wussten die Knickerbocker-Freunde nicht. Mit dieser Meldung hatten sie keineswegs gerechnet.

„Ich muss weiter ausholen“, meinte der Arzt. „Wisst ihr eigentlich, woher die Familie Fernandez ihr Vermögen hat?“

Wieder konnten die Knickerbocker nur den Kopf schütteln.

Alfons Mato schritt die Treppe ins Erdgeschoss hinab, und Axel und Lieselotte folgten ihm. In der Halle ließen sie sich auf drei hölzernen, etwas morschen Stühlen nieder.

„Der Großvater von Señor Sebastian hat eine Waffen- und Munitionsfabrik gegründet und damit Millionen verdient. Und wenn ich sage Millionen, dann meine ich Millionen. Viele Millionen. Leider gab es in der Munitionsfabrik einen Unfall, bei dem Großvater Fernandez getötet wurde. Seine Frau war der festen Überzeugung, dass dies die Strafe für seine Arbeit war. Die alte Señora hatte sein Vermögen immer als ‚blutiges Geld' bezeichnet. Vom Todestag ihres Mannes an behauptete sie, sie würde von Geistern verfolgt. Sie sagte selbst: ‚Jeder, der durch eine Kugel oder mit einer Waffe aus dem Hause Fernandez getötet wurde, wird versuchen Mitglieder der Familie heimzusuchen und sich an ihnen rächen!' Das waren ihre Worte."

Axel grinste. „Das ist doch Quatsch... oder?", meinte er. Allerdings klang seine Stimme nicht sehr sicher.

„Quatsch oder nicht, Señora Fernandez glaubte daran. Sie fühlte sich im Freien Tag und Nacht von Schatten und Stimmen verfolgt. Sie hörte auch Schritte, die ihr nachkamen, obwohl niemand zu sehen war. Deshalb wagte sie sich bald nicht mehr aus dem Schloss."

Lieselotte verstand etwas nicht. „Aber dort war sie doch auch nicht vor den Geistern sicher. Wieso sollten die um das Castillo einen Bogen machen?"

Der Arzt nickte. „Richtig, kleines Fräulein. Um nicht ständig in Angst zu leben, entwickelte die Frau einen ungewöhnlichen Plan. Sie begann das Castillo in eine Geisterfalle umzubauen. Sie ließ den Garten verwildern, damit die Geister der Getöteten sich in den Bäumen und Sträuchern verfangen sollten. Sie legte Wege an, die ins Nichts führten, um die Gespenster zu verwirren. Dasselbe tat sie auch hier im Schloss. Aus diesem Grund gibt es viele Türen, hinter denen sich eine Mauer befindet. Treppenhäuser enden blind und Gänge führen sinnlos im Kreis herum. Es gibt noch zahlreiche andere Verstecke und Fallen, die keiner kennt. Die alte Frau hat dieses Geheimnis mit ins Grab genommen.

Von ihrem Sohn, dem Vater von Sebastian, wurde die Frau nicht ernst genommen. Deshalb brach sie den Kontakt zu ihm ab. Sie hat das Schloss fast fünfzig Jahre lang nicht verlassen. Der Einzige, der sie besuchen durfte, war ihr Enkel Sebastian. Die schrullige Frau starb im hohen Alter von 103 Jahren."

„Was ist mit der Waffenfabrik geschehen?", erkundigte sich Axel.

„Die Eltern von Señor Fernandez haben sie geleitet. Sebastian selbst wollte nie etwas damit zu tun haben. Eine Woche nach dem Tod seiner Großmutter hat sich ein zweites, tragisches Unglück ereignet. Wieder gab es eine Explosion in einer der Hallen, bei der seine Eltern ums Leben kamen. Señor Sebastian erbte das gesamte Unternehmen und verkaufte es sofort. Er bekam auch das Castillo und ist hierher übersiedelt. Es herrscht allgemein großes Rätselraten, wohin das Geld verschwunden ist, das er durch den Verkauf der Firma erhalten hat. Señor Sebastian ist ein besonders misstrauischer und etwas eigenartiger Mann. Er scheint diesen Charakterzug von seiner Großmutter geerbt zu haben. Er hat selbst gesagt, dass das Vermögen auf keiner Bank dieser Welt zu finden und an einem sicheren Ort versteckt ist. Er will sich darum kümmern, dass es in Zukunft nur Gutes bewirken und die Welt zum Blühen bringen wird. Im Sinne seiner Großmutter will er die Blutspuren von jeder Peseta beseitigen. Das hat er jedenfalls einer Zeitungsreporterin gesagt. Was das heißt, weiß nicht einmal seine Frau, Señora Isabella."

Dr. Mato warf einen Blick auf seine Uhr und sprang auf. „Ich muss mich verabschieden. Es warten noch andere Patienten auf mich", rief er. „Gute Heimreise. Señora Isabella hat mir gesagt, dass ihr morgen zurückfliegt."

Lieselotte zuckte mit den Schultern. „Vielleicht, aber so fest steht das noch nicht", meinte sie.

„Adios!", rief der Arzt und machte sich auf den Weg.

„Was hältst du von dieser Geschichte?", fragte Axel seine Freundin.

Lieselotte machte ein ratloses Gesicht. „Es passt alles ganz gut zusammen", lautete ihre Antwort. „Obwohl ich irgendwie das Gefühl habe, die bösen Geister rächen sich plötzlich an Señor Fernandez. Seine Großmutter haben sie verschont, nun muss *er* büßen ..."

Axel packte seine Freundin am Arm. „Psssst!", zischte er. Über den Köpfen der beiden waren Schritte zu hören. Schwere, stampfende Schritte. Und ein gespenstisches, heiseres Röcheln. Der Spuk der vergangenen Nacht begann jetzt auch bei Tag!

Schreckliche Beobachtungen!

Poppi ging auf der kleinen Terrasse hin und her. Die Terrasse befand sich auf einem der zahlreichen Türme des Castillos und war von einer niedrigen Mauer umgeben, die kleine Türmchen zierten. Zwischen diesen Türmchen blickte das Mädchen hinab auf das Meer. An diesem Tag waren die Wellen hoch und ihr Rauschen war bis zum Turm hinauf zu hören. Immer wieder donnerte es, wenn sie gegen die Küste schlugen und weiße Gischt über die Felsen schäumte.

Auf der anderen Seite der Terrasse konnte Poppi in den Garten hinabblicken. Von hier oben wirkten die verwachsenen Bäume wie ein durchlöchertes Dach. Dazwischen erkannte das jüngste Mitglied der Knickerbocker-Bande immer wieder glitzernde Flächen. Es musste sich um kleine Teiche handeln.

Am Rande des Parks war ein kleines rotes Auto vorgefahren. Eine Frau stieg aus. Sie hatte sehr langes Haar, das wie ein Schleier im milden Frühlingswind flatterte. Sie blickte zum Schloss hinauf und zog eine größere Tasche aus dem Wagen. Nachdem sie abgesperrt hatte, machte sie sich zu Fuß auf den Weg in Richtung Castillo.

Bald war sie unter dem Baumkronendach verschwunden. Poppi blickte auf die verschiedenen Löcher, die da und dort zwischen den Bäumen entstanden waren. Vielleicht tauchte die Frau in einer dieser Öffnungen auf. Das Mädchen erfand sogar ein Spiel. Es fixierte eine Lichtung und wettete mit sich selbst: Wenn die Frau auftaucht, bevor ich bis 20 gezählt habe, gewinne ich! Poppi starrte auf eine Lichtung in der Nähe des Autos und begann zu zählen. Bei 13 erschien die Frau. Gewonnen! Poppi spielte weiter und suchte sich die nächste Lücke aus. Wieder hatte sie richtig geraten. Nun fixierte sie einen der Teiche. Das war riskant. Dort würde die Frau nur hinkommen, wenn sie einen falschen Weg wählte und auf einen der Pfade geriet, die in einer Art Sackgasse endeten.

Poppi hätte vor Freude fast gejubelt. Schon wieder richtig. Die Frau hatte sich tatsächlich verlaufen. Sie stand am Rande des Wassers und hob etwas verzweifelt die Arme, als wollte sie sagen: Mist! Wie gehe ich weiter?

Plötzlich tauchte aber eine zweite Gestalt wenige Schritte von ihr entfernt auf. Sie schien die Frau gut zu kennen und drehte sich zu ihr. An der Glatze und dem langen Haarkranz erkannte das Mädchen Sebastian Fernandez. Er schien die Frau erwartet zu haben. Vielleicht war er ihr entgegengegangen, um ihr den richtigen Weg zu zeigen.

Noch bevor die Frau bei dem Schlossbesitzer angekommen war, blieb sie stehen. Daraufhin stürzte sich der Mann auf sie und presste ihr eine Hand auf den Mund. Die Frau wehrte sich, aber sie hatte keine Chance. Sebastian Fernandez würgte sie mit der anderen Hand. Die Frau schlug und trat um sich, aber der Mann ließ nicht locker.

Poppi schrie auf. Sie packte die beiden Türmchen, zwischen denen sie hinunterblickte, und krallte sich daran fest. Sie war so entsetzt, dass sich alles rund um sie zu drehen begann. Der Boden schien unter ihren

Füßen nachzugeben. Sie beobachtete gerade ein Verbrechen. Sebastian Fernandez war ein… war ein… Seine Frau hatte Recht… er war wahnsinnig. Er… Poppi schaffte es nicht, den Gedanken fertig zu denken… er war ein Mörder!

„Loslassen! Lassen Sie die Frau los!“, brüllte das Mädchen, aber der Wind verwehte seine Stimme. Poppi stand viel zu hoch oben und war viel zu weit entfernt. Señor Fernandez hörte sie nicht. „Nein… nicht!“, brüllte Poppi. „Tun Sie der Frau nichts! Neiiiiiinnn!“

Was weiter geschah, konnte das Mädchen nicht mehr beobachten. Der Schlossbesitzer hatte die Frau von der Lichtung fort zwischen die Bäume gezerrt und verschwand mit ihr. „Nein, nicht!“, schrie Poppi. Ihre Stimme versagte. Das Mädchen brachte keinen Ton mehr heraus und begann heftig zu schluchzen.

Neben ihr quietschte die Tür zum Treppenhaus. Da kam jemand auf die Terrasse. Poppi drehte den Kopf und riss den Mund auf. Entsetzt wich sie zurück und presste sich gegen die Mauer. Sie konnte weder schreien noch flüchten, noch sonst irgendetwas tun. Sie stand nur da, zitterte am ganzen Körper und starrte mit riesigen Augen und offenem Mund zur Tür.

Axel und Lieselotte waren vor Schreck wie versteinert. Sie saßen kerzengerade auf dem Stuhl und wagten nicht einmal, den Kopf zu heben.

„Hallo! Wie geht's?“, röchelte über ihnen eine tiefe Stimme. Es war eine Stimme, die den beiden bekannt vorkam.

„Dominik!“, rief Lieselotte wütend. Der Junge hatte sich über die Brüstung gebeugt und blickte aus dem ersten Stock auf seine Kumpel hinab.

„Ich muss mir selbst gratulieren“, sagte er. „Ich bin doch wirklich ein hervorragender Schauspieler. Gebt zu, ihr seid auf meine Spukvorstellung hereingefallen!“

Axel sprang auf und raste die Treppe hinauf. Er packte seinen Freund am Pullover und schüttelte ihn. „Mach das nie wieder, hörst du, du Brillenschlange!“, zischte er. „Das ist alles kein Spaß in diesem Haus!“

Dominik starrte ihn empört an. „Lass meinen Pulli los, du Schrumpfkopf!“, schnauzte er seinen Kumpel an. „Sonst kannst du ihn bezahlen. Er war teuer!“

Axel stieß Dominik von sich. „Angeber!“, knurrte er. „Großkotziger Affe, du!“

Dominik reichte es. Er stürzte sich auf Axel und schlug auf ihn ein. „Du widerlicher Zwerg, hör auf mich zu beschimpfen!“, schrie er.

Axel packte Dominiks Hände und hielt sie eisern fest. Der Junge versuchte sich loszureißen, aber es gelang ihm nicht.

„Aufhören!“, befahl Lieselotte. „Seid ihr verrückt geworden? Wir haben anderes zu tun.“

Die beiden Jungen funkelten einander wütend an und machten ein paar Schritte auseinander.

„Wir sind alle etwas übernervös“, stellte Lilo fest. „Aber deshalb müsst ihr nicht durchdrehen, ihr Kalbsköpfe!“

Die Jungen schwiegen. Ihr Zorn musste erst verrauchen.

„Wir müssen unbedingt versuchen, in das geheime Stockwerk zu kommen“, sagte Lieselotte. Dominik verstand nicht, wovon sie redete. Das Superhirn erklärte es ihm.

„Kein Problem, wir stemmen ganz einfach die Falltür auf, durch die der Tote gefallen ist!“, sagte Dominik cool.

Axel verschränkte lässig die Arme und meinte spöttisch: „Großartige Idee, Mister Superschlau, und wo nehmen wir eine Leiter her, die vier Meter hoch ist?“

Dominik hob triumphierend die Augenbrauen und meinte: „Da ich mit offenen Augen durch das Leben gehe, weiß ich das natürlich. In der Bibliothek befindet sich eine Leiter, die die entsprechende Höhe aufweist.“

Lilo verdrehte die Augen: „Noch komplizierter kannst du das wohl nicht sagen!“

Dominik grinste. „Doch, aber dann würdet ihr mich vielleicht nicht mehr verstehen. Das will ich nicht!“

Axel wollte etwas antworten, ließ es aber bleiben. Sie hatten wirklich Wichtigeres zu tun.

Die drei Knickerbocker-Freunde betraten die Bibliothek. Links und rechts von ihnen erhoben sich die mächtigen Regale. Sie boten einen überwältigenden Anblick.

„Hier müssen Millionen Bücher stehen“, sagte Dominik ehrfürchtig. Er trat zu einem der Borde und ließ seine Finger über die staubigen Buchrücken streifen.

Dominik stutzte und hielt inne. „Kommt mal her!“ Axel und Lieselotte drehten sich zu ihm. „Hier … ist kein Buch echt!“, meldete ihr Kumpel. „Das sind Bücher aus … Holz oder … Metall. Ich meine, das sind Attrappen, wie im Theater! Da wird eine Art Kasten gebaut, an dessen Außenseite halbrunde Hölzer in verschiedener Stärke nebeneinander geklebt werden. Wenn sie entsprechend bemalt oder überzogen werden, wirken sie bereits aus geringer Entfernung wie echte Buchrücken.“

„Beim Theater verstehe ich das. Aber wozu soll das hier gut sein?“, fragte Axel.

Darauf konnte ihm keiner der beiden anderen eine Antwort geben. „Vielleicht sollten die Geister abgelenkt werden. Falls eines der Gespenster die Lesewut packte, musste es jahrelang nach dem einzigen echten Buch in der Bibliothek suchen“, spottete Axel.

Lieselotte überging diese Bemerkung. „Los, nehmt die Leiter und kommt damit auf den Gang!“, trug sie den Jungen auf.

Axel und Dominik gingen zum rechten Bücherbord und wollten die lange Holzleiter nehmen, die dort senkrecht stand. Aber sie ließ sich keinen Millimeter vom Fleck bewegen.

„Was ist mit der los? Ist sie angenagelt – oder was?“, brummte Axel. Er untersuchte das untere Leiterende und stellte fest: „Auf dem Boden ist das Ding nicht angeschraubt!“ Danach kletterte er Sprosse um Sprosse nach oben, um die Befestigung zu finden. Aber auch an der Seite war die Leiter nirgendwo mit dem Bücherregal verbunden. Schließlich hatte der Junge das obere Ende erreicht. Er blickte auf seine Uhr und rief nach unten: „He, Lilo, die Leiter ist genau vier Meter lang. Das heißt, wo sie aufhört, beginnt das geheime Stockwerk!“

Lieselotte murmelte: „Jaja, aber jetzt mach das Ding endlich los!“

Axel dachte: Wir sind Idioten. Wenn die Leiter so kerzengerade steht, *muss* sie ja hier oben irgendwo angenagelt sein. Sonst würde sie umfallen. Er hatte auch bald die Verankerungen ertastet. Sie waren aus Eisen, um die seitlichen Holzlatten der Leiter geschmiedet und mit dem Bord mehrfach verschraubt. Es war also unmöglich, die Leiter vom Fleck zu bekommen. Axel wollte den Rückweg antreten, als ihm ein Buch auffiel. Es stand einige Zentimeter vor und unterschied sich von den anderen. Der Junge streckte die Hand danach aus. Er konnte den Buchrücken fassen und spürte, dass es sich in diesem Fall um keine Attrappe handelte.

„He, ich habe das einzige Buch gefunden!“, meldete er.

„Bring es mit!“, befahl Lieselotte.

Axel zog an dem Buch, aber es gab nicht nach. „Das wird doch nicht auch angeschraubt sein!“, schnaubte der Junge. Er nahm die Finger kurz weg, um das Buch besser packen zu können. Dann stieg er noch eine Sprosse höher, streckte sich und rutschte dabei aus. Er kippte nach vorn und fing sich mit der ausgestreckten Hand am Regal ab. Dabei drückte er auf das hervor-

stehende Buch, das nachgab und hineinrutschte. „Mist!“, schimpfte Axel und versuchte es wieder rauszuziehen. Ein tiefes Knarren und Ächzen ertönte hinter ihm.

Der Knickerbocker drehte sich um und traute seinen Augen nicht. Das Bücherregal an der gegenüberliegenden Wand bewegte sich. Es schob sich langsam auf Axel zu. Aber das war noch nicht alles.

„Das Sofa … es versinkt!“, schrie Dominik.

Axel blickte nach unten und erkannte eine rechteckige Öffnung im Boden, in der die Sitzbank verschwand.

Lieselotte stürzte zur Tür und schrie: „Raus! Wer weiß, was das wieder ist. Raus!“ Sie riss an der Klinke und stutzte. „Abgeschlossen. Die Tür ist plötzlich versperrt!“, meldete sie entsetzt.

Die Bücherwand fuhr gleichmäßig weiter. Dominik stemmte sich dagegen und versuchte sie aufzuhalten, aber er schaffte es nicht.

Jetzt wurde dem Superhirn auch klar, welche Gefahr drohte. „Das ist wie in einer Riesenpresse“, schrie Lieselotte. „Wir werden zwischen den Regalen zerquetscht werden. Es gibt keinen Ausweg. Weder links noch rechts!“

Axel verstand, wieso das Sofa versunken war. Es war das einzige Möbelstück, das sich zwischen den Regalen befunden hatte und als Puffer hätte verwendet werden können.

Die Bibliothek war bereits um ein Drittel schmäler als zuvor. Unter lautem Rumpeln und Krachen bewegte sich das Regal weiter voran. Es gab keinen Ausweg aus dem Raum. Die einzige Öffnung ins Freie war das Fenster, aber das lag mindestens drei Meter über dem Boden. Selbst wenn die Knickerbocker-Freunde einer auf die Schultern des anderen stiegen, blieb am Ende einer zurück.

Dominik musste bereits einige Schritte zurückweichen. Das Regal hatte den Platz erreicht, auf dem er stand. Jetzt verstand er auch, wieso die Bücher nicht echt waren. In Wirklichkeit waren die Regale nur getarnte, bewegliche Wände. Wenn der Mechanismus ausgelöst wurde, zerquetschten sie alles, was sich zwischen ihnen befand. Aber wozu? Dominiks Gedanken rasten. Bestimmt hatte Großmutter Fernandez diesen Trick einbauen lassen. Aber sie hatte kein menschliches Wesen damit verletzen, sondern höchstens Geister in die Enge treiben wollen. Hatte sie tatsächlich damit gerechnet, dass die Gespenster auf die Leiter kletterten und das Buch bewegten?

Mittlerweile hatte das zweite Regal bereits die Mitte des Raumes erreicht. Es blieb nicht mehr viel Zeit. Fanden Axel, Dominik und Lieselotte keinen Ausweg, würden sie zerquetscht werden.

Poppi in Bedrängnis

Fast zur gleichen Zeit erlebte Poppi auf dem Turm des Schlosses die schlimmsten Sekunden ihres Lebens. „Weg... lassen Sie mich... in Ruhe!“, schrie sie dem Mann entgegen, der in der Tür zur Terrasse stand.

„Poppi, was hast du? Was ist mit dir?“, fragte Señor Sebastian immer wieder und streckte dem Mädchen kameradschaftlich die Hand entgegen.

„Rühren Sie mich nicht an!“, kreischte Poppi. „Sie sind ein Mörder. Sie haben die junge Frau erwürgt! Sie haben heute Nacht jemanden umgebracht... Sie... Sie...!“ Wieder versagte ihr die Stimme. Außerdem kam Señor Fernandez immer näher.

Poppi trat der Schweiß aus allen Poren. Ihr Herz raste und vor ihren Augen tanzten schwarze Punkte. Sie beugte sich ängstlich nach hinten, um den Händen des Mannes auszuweichen. Dabei neigte sie sich immer weiter zwischen den Türmchen über die Mauer hinaus. Unter ihr brauste und tobte die Brandung.

Der Schlossherr warf dem Mädchen flehende Blicke zu. „Poppi, wir gehen nach unten. Komm!“, redete er beruhigend auf das aufgebrachte Mitglied der Bande ein. Poppi war so verängstigt, dass sie nicht bemerkte, was sie tat. Sie bekam immer mehr Rückenlage und hing mit dem Oberkörper bereits zu weit nach draußen.

Als Sebastian Fernandez auf sie zusprang, zuckte Poppi erschrocken zusammen und spürte plötzlich, wie sie das Gleichgewicht verlor. Sie hatte keinen Boden mehr unter den Füßen und ihr Kopf wurde nach hinten gerissen. Über sich sah das Mädchen nur noch Himmel und unter sich hörte es das Tosen des Meeres. Poppi kippte nach hinten und hing zwischen Himmel und Erde, zwischen Leben und Tod. Ihre Hände glitten über den rauen Verputz und Poppi spürte, wie sie in die Tiefe gezogen wurde. Danach stand die Zeit für das jüngste Knickerbocker-Mitglied still. Es war, als wäre der Film gerissen.

Zur gleichen Zeit befanden sich Lilo, Axel und Dominik im wahrsten Sinne des Wortes in der Klemme. Lilo brüllte um Hilfe und trommelte mit beiden Fäusten gegen die Tür, während Dominik noch immer versuchte, das Regal aufzuhalten. Vorher hatte er untersucht, ob sie nicht alle in der Versenkung in Deckung gehen konnten, in der das Sofa stand. Aber die Öffnung war so knapp bemessen, dass nur das Sitzmöbel darin Platz hatte.

Axel stand noch immer auf der Leiter und starrte zur Bücherwand, die sich auf ihn zubewegte. Er konnte nicht fassen, wie so etwas möglich war. Erst langsam kam ihm zu Bewusstsein, in welch grässlicher Lage er sich mit seinen Freunden befand. Als er das erkannte, packte ihn die Panik und er schrie aus Leibeskräften. Es gab kein Entkommen. Sie würden zerquetscht werden. Die Junior-Detektive hatten höchstens noch eine Minute zu leben. Das Knirschen, Knarren, Donnern, Poltern und Krachen des Regalmechanismus wurde immer lauter und bedrohlicher.

Der Junge klammerte sich wie ein Ertrinkender an der Leiter fest. Er wusste nicht, ob er hinunterklettern oder springen oder stillhalten sollte. Japsend und stöhnend starrte er auf die falschen Buchrücken vor seiner Nase.

Und plötzlich fiel ihm etwas auf. Da war ein Spalt. Zwischen einem Regalbrett und der Oberkante der Bücher verlief ein Spalt, der ungefähr drei Millimeter breit war. Axel verfolgte ihn mit den Augen und entdeckte, dass der Spalt plötzlich einen Knick machte und senkrecht nach unten verlief. Zwischen den Büchern und durch die Borde. Nach ungefähr eineinhalb Metern gab es den nächsten Knick. Das bedeutete, in dem Regal befand sich vielleicht…

Axel traute sich nicht, sich an diesen Hoffnungsschimmer zu klammern. Er hatte zu viel Angst vor einer Enttäuschung. Er streckte die Hand aus und drückte gegen die Bücher. Mit einem leisen Klicken schwenkte eine Geheimtür nach innen. Muffige, modrige Luft schlug dem Jungen entgegen. Axel schwang sich von der Leiter direkt in die rettende Öffnung. „Rauf… kommt herauf!“, rief er seinen Kumpeln zu.

Lilo und Dominik hoben die Köpfe und stürzten auf die Leiter zu. In diesem Augenblick hatte die fahrende Bücherwand das Fenster erreicht. Sie schob sich davor und in der Bibliothek wurde es stockfinster. Axel kramte mit zitternden Fingern in der Hosentasche und zog seine Taschenlampe heraus. Er musste seinen Kumpeln doch den Weg leuchten.

Immer zwei Sprossen auf einmal nehmend, kletterten die zwei nach oben. „Tempo!“, schrie Lieselotte Dominik zu, der sich vor ihr befand. Das andere Regal war nur noch einen Meter entfernt. Dominik glitt in der Aufregung immer wieder von einer Sprosse ab und hatte noch immer nicht die Geheimtür erreicht. „Mach schon, Fettsack!“, brüllte Lieselotte außer sich. „Kletter! Schnell!“ Dominik war endlich auf der Höhe der Öffnung angelangt und streckte zaghaft einen Fuß in den verborgenen Gang. Er hatte nicht den Mut, sich wie sein Kumpel Alex von der Leiter durch die Öffnung zu schwingen. „Axel, pack ihn!“, tobte Lieselotte. Die zweite Bücherwand berührte bereits ihren Rücken und das Mädchen hatte noch immer ein Stückchen vor sich.

Axel packte Dominiks Hand und riss einfach daran. Der Junge lockerte erschrocken den Griff um die Leiter und segelte durch die Geheimtür. Hart knallte er auf den Boden des Raumes, der sich dahinter befand.

Lieselotte spürte, wie sie die Kräfte verließen. Die Wand drückte gegen ihren Rücken. Es waren höchstens noch dreißig Zentimeter zwischen den Bücherborden Platz. Lieselotte musste nun alles riskieren. Sie konnte nicht mehr Schwung holen, sondern musste die sichere Leiter loslassen, sich zur Seite hin abstoßen und versuchen in die Luke zu gelangen. Lilo zögerte nicht mehr, sondern sprang. Wenn sie jetzt in die schmale Spalte zwischen den Wänden geriet, war sie verloren.

Zum Glück war Axel so auf Zack, dass er Lilo an der Jacke packte und das Mädchen zu sich riss. Lieselotte landete weich auf Dominik.

Zwei Sekunden später knallte das eine Bücherregal gegen das andere. Danach herrschte Stille. Die drei Junior-Detektive hörten nur noch ihren eigenen Atem.

Es dauerte mehrere Minuten, bis sich die Knickerbocker-Kumpel einigermaßen beruhigt hatten.

„Das war knapp!“, keuchte Dominik.

„Nein, ehrlich? Ich dachte, wir hätten noch in Ruhe Kaffee trinken können“, entgegnete Axel gereizt. Er hob die Taschenlampe vom Boden auf, die ihm bei der Rettungsaktion aus der Hand gefallen war. Langsam leuchtete er die Umgebung ab.

„Wir befinden uns in dem geheimen Stockwerk“, stellte Lieselotte fest. „Das hier ist kein Gang, sondern ein riesiger Raum.“

Der Lichtkegel von Axels Taschenlampe wanderte weiter durch die Dunkelheit. Hier oben schien es keine Möbelstücke zu geben. Schließlich traf das Licht aber auf etwas anderes. Schuhe und schwarze Hosenbeine. Sie baumelten ungefähr zwanzig Zentimeter über dem Boden.

Axel, Lilo und Dominik schrien vor Entsetzen auf.

„Komm, Mädchen, es ist alles gut!“, hörte Poppi eine Stimme auf sie einreden. Etwas Feuchtes, Kühles wurde ihr auf die Stirn gelegt. Sie schlug die Augen auf und erblickte das besorgte Gesicht von Sebastian Fernandez über sich. Sofort tauchte in der Erinnerung des Mädchens die schaurige Szene im Park wieder auf. Poppi richtete sich auf und robbte nach hinten.

„Bleib da, ich tu dir doch nichts. Was hast du?“, rief Señor Fernandez verzweifelt.

„Sie haben die Frau umgebracht!“, stieß Poppi hervor.

„Das habe ich nicht! Ich weiß nicht, wovon du redest!“, stöhnte der Spanier.

Poppi kam plötzlich eine Erkenntnis. Sebastian Fernandez musste fliegen können. Er war mit der Frau unter den Bäumen verschwunden und nur wenige Sekunden später vor ihr gestanden. Wie war das möglich? Die logische Antwort lautete: Es gab einen zweiten Sebastian Fernandez. Vielleicht einen Zwillingsbruder.

Poppi wollte aufstehen, aber der Schlossherr drückte sie zurück auf den Boden. „Bleib noch ein wenig sitzen. Du warst ohnmächtig“, meinte er.

„Der Himmel… ich bin doch… nach hinten gestürzt… vom Turm“, stotterte Poppi.

„Zum Glück habe ich dich im letzten Moment zurückreißen können“, sagte Fernandez leise. „Du hast dich so weit hinausgebeugt, dass du das Gleichgewicht verloren hast. Kind, der Turm ist 25 Meter hoch.

Er steht auf einer 50 Meter hohen Klippe. Du wärst also 75 Meter hinabgestürzt und ins Meer gefallen", schilderte er Poppi das Schicksal, dem sie gerade entgangen war. „Aber jetzt erkläre mir endlich, wieso ich jemanden umgebracht haben soll?"

Es kostete das Mädchen einige Mühe, dem Mann von ihrer Beobachtung zu berichten. Sebastian Fernandez wollte ihr zuerst nicht glauben. „Das ist unmöglich", meinte er.

Poppi sprang auf und stürzte zur Mauer. Sie blickte zwischen den kleinen Türmchen auf den Park. „Das Auto … das ist der Beweis! Es steht …" Poppi stockte. Das rote Auto, in dem die Frau gekommen war, stand nicht mehr auf seinem Platz. Es war fort.

„Komm, ich bring dich ins Haus und gehe dann in den Garten und sehe nach, ob ich etwas finden kann", meinte Señor Fernandez.

Poppi war einverstanden. Hatte sie sich alles nur eingebildet? War die Phantasie mit ihr durchgegangen? „Wo sind meine Freunde?", fragte sie den Schlossbesitzer.

Dieser verzog nachdenklich das Gesicht und meinte: „Zuletzt habe ich sie in der Halle gesehen."

Er wusste nicht, dass die drei mittlerweile in dem versteckten Stockwerk saßen und mit großen Augen auf die baumelnden Beine starrten.

„Da hat sich … jemand erhängt", hauchte Axel. Seine Hände zitterten so heftig, dass er es nicht schaffte, den Lichtkreis nach oben zu lenken, um diesen Verdacht zu bestätigen.

Lieselotte nahm ihm die Lampe aus der Hand und leuchtete die dunkle Gestalt ab. „Du hast … Recht", stieß sie hervor. „Da hängt einer!" Das Mädchen hatte auch einen sehr kurzen Blick auf das Gesicht des Toten riskiert. Es kannte diesen Mann. Es hatte den buschigen Schnurrbart und die kurzen, schwarzen Haare bereits irgendwo gesehen. „Das ist der Mann, der aus der Decke gefallen ist", sagte Lilo. Ihr Mund war vor Schreck staubtrocken und ihre Kehle wie zugeschnürt.

Axel, Lilo und Dominik kauerten auf dem staubigen Boden und wussten nicht, was sie machen sollten. Wie kamen sie von hier wieder fort?

„Dort… dort drüben in der Wand… scheint sich eine Tür zu befinden", wisperte Dominik und deutete nach links. „Es dringt Licht durch die Ritzen."

Die anderen drehten den Kopf und konnten ihrem Kumpel nur Recht geben. Auf allen vieren krabbelten sie über den Boden auf das Licht zu.

Axel tappte mit beiden Händen über die Wand. „Eine Tür… aus Metall", meldete er. Seine Finger ertasteten eine Stange und ein Stück tiefer einen Hebel. Er rüttelte daran und drückte den Hebel nach unten. Die Tür schwenkte nach außen und grelles Tageslicht durchflutete den Raum. Die Knickerbocker-Freunde sogen die frische Luft gierig ein.

Lieselotte kroch vor und blickte ins Freie. Sie sah auf den Hof hinaus, in dem sich das Gorillagehege befand. Unter sich erkannte sie das grüne Blattwerk des „Dschungels" und dazwischen das weiße Fell von José. Das Gitter, mit dem der Käfig abgedeckt war, befand sich nur einen halben Meter unter der Türöffnung. Lieselotte streckte die Beine nach draußen und trat auf die Gitterstäbe. Das Gehege begann zu quietschen und zu ächzen.

Der weiße Gorilla stieß einen langen, ängstlichen Schrei aus, der sehr an den eines Menschen erinnerte, und hetzte erschrocken hin und her. Lieselotte zog die Beine wieder zurück und wartete, bis sich José beruhigte.

Sie musste sich sehr überwinden, den Kopf nach hinten zu drehen und den Erhängten noch einmal anzusehen. „Der … das … das ist … ich glaube, das ist kein Mensch“, stellte das Superhirn fest. Im hellen Sonnenlicht wirkte das Gesicht des Mannes plötzlich unecht. Als wäre es aus Plastik.

Lieselottes Knie waren weich wie Butter, als sie aufstand und zu dem vermeintlichen Toten torkelte. Sie streckte zitternd die Hand aus und berührte den Arm des Toten. Ihre Finger spürten Stoff, und als sie fester zudrückten, kam kein Widerstand. Es waren kein Fleisch und keine Knochen da. Mutig geworden, legte das Mädchen die andere Hand auf die Wange des Mannes. Sie war hart und kalt. „Das ist Wachs … eine Wachsfigur … wie damals in London. Der Matador ist nicht echt!“, rief Lilo ihren Kumpeln zu.

Jetzt erst wagten sich die Jungen zu ihr. „Was heißt Matador? Was ist das?“, wollte Axel wissen.

„So werden in Spanien die Stierkämpfer genannt!“, erklärte ihm Dominik. „Und dieser Mann ist wie ein Stierkämpfer gekleidet.“

Lieselotte bückte sich und hob einen langen, breiten Plastiksack auf. „Ich wette, in diesem Sack war die Puppe, als sie in das Schloss gebracht worden ist“, meinte das Mädchen. Es schüttelte den Sack und stülpte das Innere nach außen. Vielleicht gab es irgendeine Spur.

Axel kombinierte: „Der Mann, der aus der Decke gefallen ist, war also auch diese Wachsfigur. Jemand hat sie hergebracht, um andere zu erschrecken.“

Lilo hielt die Hand hoch. „Nein, nicht um andere zu erschrecken, sondern um Señor Fernandez in Angst zu versetzen. Da wir zu neugierig waren, haben wir auch eine Kostprobe des Spuks bekommen.“

Unter ihren Schuhen entdeckten die Junior-Detektive die Klappe, durch die in der vergangenen Nacht die Puppe geworfen worden war. Nicht weit davon entfernt fanden sie aber auch einen Schrank, der einen Tauchsieder, Kabel, Flaschen mit roter Farbe, Spritzen, Zangen, Schraubenzieher und mehrere Bananen enthielt.

„Das ist die ‚Spuktasche‘ des ‚Gespenstes‘, das Señor Fernandez verfolgt“, meinte Lieselotte. „Die rote Farbe hat er einfach mit einer Spritze in die Zuleitung zum Badezimmer befördert. Ich nehme an, es handelt sich um Farbe, die nach einer Weile wieder verschwindet, und um künstliches Blut, wie es beim Film verwendet wird. Das ist eine Art rot gefärbter Leim. Der Tauchsieder hat dazu gedient, den Türgriff zu erhitzen. Mit den Kabeln wurden bestimmt Schaltungen gelegt, damit das Telefon klingelt, auch wenn der Hörer nicht aufgelegt ist.“

Axel hob die Bananen auf. „Und die da?“, fragte er.

„Die werden zu José in den Käfig geworfen, wenn das ‚Gespenst‘ über die Gitterstäbe läuft. Es scheint den Zugang über die Bibliothek in dieses geheime Stockwerk noch nicht entdeckt zu haben. Die Bananen dienen dazu, den Gorilla zu beruhigen. Er soll nicht zu laut kreischen und die Bewohner des Schlosses alarmieren, wenn jemand über seinen Käfig klettert. Heute Mittag scheint der Trick nicht geklappt zu haben."

Axel verstand jetzt auch, wieso der Schlossbesitzer manchmal Schritte hörte und keinen sah. Es ging ganz einfach jemand über seinem Kopf auf der hölzernen Decke. Sie war sehr weitläufig und schien sich über zahlreiche Räume des oberen Stockwerks zu erstrecken. Als der Junge das dunkle Holz genauer untersuchte, entdeckte er noch einige andere Klappen. Durch so eine Luke in der Decke war der geheimnisvolle Verfolger bestimmt auch in das Arbeitszimmer von Sebastian Fernandez gelangt, obwohl die Tür versperrt war und der Raum keine Fenster besaß.

Aber wer war dieser Jemand? Und warum wollte er Señor Fernandez fertig machen?

Wir trauen keinem mehr!

Während Axel die Falltüren inspizierte, widmete sich Lieselotte dem Sack, in dem der „Wachstote“ transportiert worden war. Nach einer Weile warf ihn das Superhirn enttäuscht weg. Es war keine verräterische Spur daran zu finden, die sie hätte weiterbringen können.

Dominik wurde langsam ungeduldig. „Ich will… wieder weg von da… Ehrlich gesagt, überkommt mich in diesem Stockwerk ein Gefühl des Grauens“, gestand er.

Lilo hörte ihm gar nicht zu. Sie grübelte fieberhaft, was die Knickerbocker-Bande tun sollte.

Weil er nicht beachtet wurde, ließ sich Dominik trotzig auf den Boden sinken. Er wollte demonstrieren, dass er keine Lust auf weitere „Ermittlungen“ hatte. Doch da entdeckte er einen kleinen weißen Zettel neben seinen Schuhen. Der Zettel war weder vergilbt noch verknittert. Dominik hob ihn auf und begutachtete ihn. „Es scheint sich um eine Quittung zu handeln“, kombinierte er. „Eine Quittung… in Spanisch… oben steht eine Adresse. Es ist eine Adresse in Barcelona.“ Der Junge streckte seiner Knickerbocker-Freundin die Quittung unter die Nase.

Lilo riss sie ihm aus der Hand und knetete wild ihre Nasenspitze. „Der Rechnungsbetrag lautet auf über 220 000 Peseten. Das ist keine Kleinigkeit. Ich glaube, es könnte sich um die Rechnung für die künstliche Leiche handeln“, überlegte Lieselotte laut. „Sie wird wahrscheinlich aus dem Sack gefallen sein. Auf jeden Fall ist diese Rechnung eine heiße Spur. Wir müssen zu der Adresse, die draufsteht, und fragen, wer diese Puppe hat anfertigen lassen."

„Lilo, Dominik, kommt schnell!", hörten die beiden Junior-Detektive ihren Kollegen rufen. Axel lag ungefähr fünfzehn Meter weit von ihnen entfernt auf dem Boden und blickte durch eine Falltür in ein Zimmer. Die beiden anderen kamen zu ihm und streckten ihre Köpfe durch die Luke. In dem Zimmer schien nichts weiter aufregend oder verdächtig. Seltsam war allerdings der blaue Lichtschimmer, der den Raum erfüllte. Das blaue Licht war kein echtes Licht. Es strahlte, erhellte das Zimmer aber nicht. Die Möbel waren düstere Schatten und bis auf einen riesigen Tresor nicht genau zu erkennen.

„Das Leuchten kommt von einer Art Lampe", stellte Axel fest.

„Und was sind das für weiße, strahlende Flecken in dem Zimmer?", wollte Dominik wissen.

Lilo wusste es. „Zettel, ganz normale, gewöhnliche weiße Papierstücke."

In der Nähe der Lichtquelle befanden sich auch einige Fläschchen, deren Inhalt grün, rot und gelb leuchtete.

Axel hatte einen Verdacht: „Das ist eine UV-Lampe. Ich weiß aus dem Physikunterricht, dass UV-Lampen so seltsam strahlen und weißes Papier zum Leuchten bringen."

Die drei Freunde leuchteten mit ihren Taschenlampen in das Zimmer und zuckten zusammen. Die Lichtkreise fielen auf einen Schreibtisch, über den sich deutliche Blutspuren zogen. Bücher, Ordner, Zettel und Schreibgeräte waren mit Blut bespritzt und grässlich rot.

„Das… das ist das Arbeitszimmer von Sebastian Fernandez“, kombinierte Lieselotte. „Er hat doch von dem Blut auf seinem Schreibtisch erzählt.“

Für Dominik stand sofort etwas fest: „Es handelt sich aber bestimmt nicht um echtes Blut. Das Zeug ist nämlich noch immer rot, obwohl es schon einige Tage hier klebt. Echtes Blut wäre längst braun geworden.“

Lilo setzte sich auf und erzählte ihren Freunden von dem Verdacht, der ihr gerade gekommen war: „Ich habe einmal in einem Krimi gesehen, wie Ganoven UV-Licht zur Herstellung von Blüten verwendet haben. Vielleicht… ist dieser Sebastian Fernandez gar kein Tierschützer oder angeblich ‚kranker Spinner‘, sondern ein eiskalter Geldfälscher.“

„Und das Blut und der Spuk und der geheimnisvolle Verfolger? Was ist damit?“, wollte Axel wissen.

Lieselotte zuckte mit den Schultern. „Weiß ich nicht“, lautete ihre Antwort. „Aber eines steht für mich fest: Wir müssen megavorsichtig sein. Es besteht Alarmstufe knallrot! Ab heute traue ich weder Señor Sebastian noch irgendjemand anderem in diesem Schloss.“

„Auch nicht der Señora?“, fragte Dominik.

„Der noch am ehesten“, meinte Lieselotte. „Aber… ich glaube, eine tüchtige Portion Misstrauen ist jetzt das Beste. Allerdings kenne ich jemanden, den wir um Hilfe bitten können.“

Die Jungen blickten sie fragend an. „Wen?“

„Doktor Mato!“, lautete Lilos Antwort. „Ich weiß auch schon, wie wir mit ihm in Kontakt kommen.“

Axel und Dominik waren von Lieselottes Plan nicht sehr begeistert, aber das Superhirn ließ sich nicht davon abbringen. Die drei beseitigten ihre Spuren in dem geheimen Stockwerk und tappten anschließend zu der versteckten Tür, die zur Bibliothek führte. Neben ihr fand Dominik einen Hebel aus Metall.

„Leg ihn um, mal sehen, was geschieht!“, meinte Lieselotte.

Dominik tat es und sofort ertönte ein Knirschen und Krachen. Die zweite Bücherwand fuhr wieder in ihre alte Position zurück.

„Kein Wort über diese Falle zu irgendjemandem“, sagte Lilo zu ihren Kumpeln.

Fünf Minuten später erinnerte nichts mehr daran, was in der Bibliothek vorgefallen war. Axel, Lilo und Dominik setzten ihr freundlichstes Lächeln auf und spazierten auf den Gang hinaus.

Poppi hatte sich ein wenig beruhigt, war aber noch immer völlig durcheinander. Vor allem wurde sie sich nicht klar darüber, ob sie das alles geträumt hatte oder nicht. Sie hatte doch die Frau aus dem Auto steigen sehen und mit eigenen Augen beobachtet, wie Sebastian Fernandez sie gepackt hatte. Aber wie hatte der Mann es geschafft, innerhalb von Sekunden auf den Turm zu kommen?

Poppi beschloss, das alles mit ihren Knickerbocker-Kumpeln zu besprechen. Gemeinsam mit Señor Fernandez stieg sie den Turm hinunter und marschierte über den Hof.

„José hat sich beruhigt“, erzählte ihr der Schlossbesitzer. „Er ist wieder völlig friedlich!“

„Woher haben Sie den Gorilla eigentlich?“, fragte Poppi misstrauisch. Sie hielt es nämlich für Tierquälerei, dieses Tier allein in einem Gehege zu halten. Außerdem kämpfte Sebastian Fernandez normalerweise doch gegen die Haltung exotischer Tiere.

„José wurde in einer winzigen Kiste nach Spanien geschmuggelt. Im selben Flugzeug befanden sich Papageien, Schlangen, Vogelspinnen, Krokodilbabys und mehrere Schimpansenkinder. Die Tiere waren alle in einem katastrophalen Zustand, als wir sie entdeckten. Wir hatten nämlich einen anonymen Hinweis auf den Tierschmuggel erhalten“, berichtete Señor Sebastian. „Leider musste der Tierarzt fast die Hälfte der armen Wesen einschläfern. Sie hatten keine Chance. Die Tiere waren übrigens für verrückte Neureiche bestimmt, die es schick finden, einen Affen im Haus zu halten. Wir haben dafür gesorgt, dass die Tiere in Zoos ein neues Zuhause fanden. Das klappte ganz gut. Nur für José gab es keinen Platz. Ein weißer Gorilla ist eine Seltenheit und sehr wertvoll. Allerdings handelt es sich auch um einen besonders empfindlichen Affen. Er ist ein Albino, das bedeutet, ihm fehlen die Farbstoffe in der Haut. Deshalb ist er sehr sonnenempfindlich.

Im Zoo von Barcelona lebt bereits ein weißer Gorilla, ‚Schneeflocke‘ wird er genannt. Aber er wollte José nicht annehmen. Außerdem ließ José keinen Menschen an sich heran … außer mich. Ich habe ihn im Flugzeug aus der Kiste befreit und werde nie vergessen, wie er seine dünnen Arme um meinen Hals geschlungen hat. Er war so süß und hilflos.“

Poppi verstand. „Und deshalb haben Sie ihn zu sich genommen, nicht wahr?“

Sebastian nickte. „Ich habe für ihn das beste Gehege bauen lassen. Er fühlt sich wie zu Hause im Urwald. Eine Zeit lang hoffte ich, dass wir José eines Tages wieder an das Leben in freier Wildbahn gewöhnen können. Aber diese Hoffnung musste ich aufgeben. Ich glaube, er wird immer hier bleiben. Wahrscheinlich hält er mich für seinen Affenvater!" Der Schlossbesitzer lachte über seinen eigenen Scherz und bog in den Hof ein, wo sich Josés Zuhause befand. „Möchtest du ihn kennen lernen?", fragte er Poppi.

Es gab nichts, was das Mädchen lieber getan hätte.

Sebastian Fernandez öffnete die Käfigtür und betrat mit Poppi den Dschungel. José war wie ausgewechselt. Als er Sebastian sah, kam er sofort auf allen vieren zu ihm gelaufen und umarmte seine Knie. José war ungefähr vier Jahre alt und noch lange nicht ausgewachsen. „Später einmal wird er bis zu vierzig Kilogramm Grünzeug am Tag futtern!", erklärte der Tierschützer dem Mädchen.

Poppi streckte vorsichtig die Hand aus und streichelte über das weiche Fell des Menschenaffen. José blickte treuherzig zu ihr auf. Das Mädchen hockte sich vor ihn hin und kraulte seine Brust, drückte seine handähnliche Pranke und kitzelte ihn an den Fußsohlen. José ließ alles mit sich geschehen. „Er mag dich!", stellte Sebastian fest. „Er mag nur wenige Menschen. Es ist eine große Auszeichnung für dich."

„Ahhhhh!" Ein Schrei gellte durch die warme Nachmittagsluft. Poppi sprang auf und José wich erschrocken zurück. „Das war Lilo. Sie hat geschrien!", stieß Poppi hervor.

Hilfe, Dr. Mato!

Sebastian Fernandez und Poppi verließen das Gehege und rannten in den Hof vor dem Hauptgebäude. Dort hockte Lieselotte auf dem Boden und hielt sich den Arm, der rot vor Blut war. „Aua… ah…“, jammerte das Superhirn und kämpfte mit den Tränen.

„Mädchen, was ist? Wie ist das geschehen?“, rief Señor Fernandez.

„Ich bin gestolpert und auf einen Stein gefallen“, stieß Lieselotte zwischen den zusammengebissenen Zähnen hervor. „Es ist halb so wild, die Wunde blutet nur, aber ich bin nicht gegen Tetanus geimpft. Ich kann einen Wundstarrkrampf bekommen. Ich glaube, ich brauche eine Spritze.“

„Bleib still sitzen, ich hole meine Frau!“, meinte Señor Sebastian etwas hilflos.

Isabella Fernandez war bereits unterwegs und kam aus der Tür gestürzt. Als sie das Unglück sah, machte sie kehrt und rief: „Ich rufe sofort Dr. Mato an!“

Lieselotte musste ein Grinsen unterdrücken. Das klappte ja prima. Nichts anderes hatte sie gewollt. In Wirklichkeit war Lilo nämlich unverletzt. Sie hatte sich nur ein wenig von dem künstlichen Blut auf den Arm geschmiert.

„Spiel mit und halt die Klappe!“, zischte Axel in Poppis Ohr. Sie war die Einzige der vier, die nicht eingeweiht war.

Poppi verstand und nickte kurz.

Gemeinsam hoben sie Lilo auf und brachten sie in

das Mädchenzimmer. Sebastian Fernandez, der ihnen nachgekommen war, schlugen sie die Tür vor der Nase zu. „Ich ... ich lege mich kurz hin, meine Freunde sind bei mir“, rief Lieselotte schwach, als der Schlossbesitzer ungeduldig an die Tür klopfte. Er gab sich zum Glück mit dieser Antwort zufrieden.

Bis zum Eintreffen des Arztes hatten die Knickerbocker-Freunde Zeit, einander von ihren Erlebnissen in der vergangenen Stunde zu berichten.

„In diesem Castillo ist etwas oberfaul! Was heißt *etwas*? Eine ganze Menge!“, stellte Lieselotte fest. „Wir brauchen jetzt unbedingt einen Verbündeten, sonst wird die Sache zu heiß.“

Es war kurz nach drei Uhr, als Alfons Mato im Schloss eintraf. Señor und Señora Fernandez wollten selbstverständlich mit ihm in das Zimmer der Mädchen, aber Poppi drängte sie zurück. „Lieselotte ... ist das unangenehm ... bitte ...“, sagte sie sanft.

„Ich kann das verstehen. Ich war als Mädchen auch so!“, meinte Señora Fernandez und wartete auf dem Gang.

„Lass mal die Wunde sehen“, sagte Dr. Mato und setzte sich zu Lieselotte ans Bett.

„Es gibt keine Wunde!“, erklärte das Superhirn.

Der Arzt sprang auf und schleuderte seine Tasche wütend zu Boden. „Was??? Und deshalb jagt ihr mich aus der Stadt hierher? Soll das ein Witz sein?“ Die Freundlichkeit war völlig aus seinem Gesicht verschwunden.

„Pssst!“, zischte Lilo. „Regen Sie sich nicht auf. Wir ... müssen etwas mit Ihnen besprechen. Wir ... machen uns nämlich große Sorgen.“

Alfons Mato blickte misstrauisch von einem Juniordetektiv zum anderen. „Sorgen, weswegen?“

Leise und hastig erzählten ihm die vier Freunde von ihren Beobachtungen, Funden und Überlegungen. „Wir … fühlen uns hier nicht mehr sehr sicher!“, sagte Lieselotte schließlich zaghaft. „Deswegen der Trick, damit Sie kommen. Entschuldigen Sie, falls wir Ihnen Ärger bereitet haben.“

Dr. Mato schien aber nicht mehr verärgert zu sein. Ganz im Gegenteil. Er war sehr interessiert und mitfühlend. „Ich kann euch verstehen“, meinte er. „Hier ist mir in letzter Zeit auch einiges sonderbar vorgekommen. Diese Ereignisse geben mir allerdings sehr zu denken. Das Schloss ist ein einziger Albtraum. Señora Fernandez hat mir gesagt, dass sie euch nach Hause schicken möchte.“

Poppi fand die Idee gar nicht schlecht. Dominik hatte auch wenig Lust, in dem Gruselschloss zu bleiben. „Denkt vielleicht einmal kurz an unser Motto“, erinnerte Lieselotte ihre Freunde. „Echte Knickerbocker lassen niemals locker!“, sagte sie leise. „Ich möchte eigentlich gerne wissen, was hier im Gange ist.“ Die anderen schwiegen. Lieselotte nahm das als „stumme Zustimmung“ und reichte Alfons Mato die Quittung, die sie im geheimen Stockwerk entdeckt hatten.

Der Arzt bestätigte den Verdacht des Superhirnes. „Es handelt sich tatsächlich um die Quittung für eine Wachspuppe. Das Studio, das die Figur hergestellt hat, befindet sich nicht weit von meiner Praxis entfernt.“

„Können wir vorbeifahren?“, drängte Lilo.

„Gut“, willigte Dr. Mato ein. „Ich werde Señor und

Señora Fernandez sagen, dass ich dich in der Praxis behandeln muss. Deine Freunde begleiten dich. Ich verspreche, euch rechtzeitig zurückzubringen."

Dieser Gedanke gefiel Poppi und Dominik nicht besonders. Aber sie trauten sich nicht, etwas dagegen zu sagen. Lieselotte hätte sie bestimmt schief angesehen, und das wollten sie nicht.

Es klappte alles nach Plan. Die vier Knickerbocker-Kumpel kletterten in den geräumigen Wagen des Arztes und fuhren mit ihm los. Als Dr. Mato durch den Park kurvte, meldete sich Poppi: „Bitte, könnten Sie kurz anhalten?"

„Wieso?", wollte der Arzt wissen.

„Weil dort drüben … ich glaube, dort liegt der Teich, an dem ich die junge Frau und Señor Fernandez miteinander kämpfen gesehen habe!"

Dr. Mato blieb stehen und die Knickerbocker-Bande sprang aus dem Auto. Ganz geheuer war ihnen die Umgebung nicht. Unter dem dichten Baumdach begannen sie zu frösteln. Die welken, modrigen Blätter auf der Erde und der faulige Boden, der kaum Sonnenlicht bekam, rochen nach Verwesung und Tod.

„Dieser Park erinnert mich an einen Friedhof. An einen Friedhof aus einem Gruselfilm", sagte Axel leise.

Poppi schluckte, da in ihrem Gedächtnis die Bilder des schrecklichen Vorfalles alle wieder aufgetaucht waren. Sie deutete auf einen Weg, der von der Fahrbahn abzweigte und direkt in das Wasser führte. „Dort am Ende des Weges ist es geschehen. Ich weiß es genau. Aus dem Teich ragen nämlich drei Felsen, die ein Dreieck bilden. Ich kann mich genau an sie erinnern."

Axel und Lieselotte schlichen geduckt wie die Indianer zum Teich. Der Arzt folgte ihnen und schien sich sehr zu bemühen, seine aufrechte, stolze und unerschrockene Haltung zu bewahren.

„Hört zu, es ist nicht gut, dass ihr hier herumlauft. Señor Fernandez könnte euch vom Castillo aus beobachten. Er würde den Schwindel erkennen", meinte Dr. Mato.

„Wir kommen sofort", versprach Lieselotte und bückte sich. Sie begutachtete den Boden am Ufer des Gewässers. Es waren deutliche Fußspuren darin zu erkennen. Ein Fußabdruck schien von flachen Schuhen zu stammen. Eine zweite Spur stammte von Gummistiefeln oder Bergschuhen, die ein tiefes Profil besaßen.

Axel blickte suchend nach allen Seiten. Falls hier wirklich ein Kampf stattgefunden hatte, musste Sebastian Fernandez sein Opfer irgendwohin gebracht haben.

Ein leises Rascheln lenkte den Blick des Jungen zur Seite, wo sich ein mannshoher, zerklüfteter Fels befand. Axel hielt die Luft an. Hinter dem Stein stand jemand. Er hatte über die Felskante gespäht und war nun wieder in Deckung gegangen.

„Lilo … links“, flüsterte Axel und deutete langsam auf den Felsen.

„Was ist dort?“, fragte Lieselotte leise. Ihr war sofort klar, dass Axel nicht grundlos flüsterte.

„Dort steht jemand!“

Das Mädchen richtete sich auf, wischte die Erde von seinen Händen und ging zurück zu Dr. Mato. Es tat, als wäre nichts geschehen. Axel folgte seiner Kollegin, obwohl er nicht verstand, wieso sie nichts unternahm.

„Dr. Mato, dort ist jemand“, zischte Lieselotte dem Mann zu, der auf halbem Weg wartete.

Der Arzt zuckte merklich zusammen. Er brauchte einen Augenblick, um sich zu fassen, und rief dann mit strenger Stimme einige spanische Worte.

Wieder raschelte es und hinter dem Stein tauchte ein Mann auf. Er war höchstens dreißig Jahre alt und steckte in einer grünen, zerfetzten Latzhose. Sein Hemd war völlig verdreckt und ausgeblichen. Der Mann kaute nervös an einem Ästchen und schien sehr verlegen. Immer wieder fuhr er sich mit der Hand über die Stoppeln seines Dreitagebartes.

Dr. Mato fuhr ihn ziemlich barsch an. Der Mann blickte zu Boden und trat von einem Bein auf das andere. Er antwortete leise. Da auch er spanisch sprach, konnten die Knickerbocker kein Wort verstehen.

„Das ist ein Landstreicher“, erklärte der Arzt. „Er schläft hinter dem Felsen.“

Lieselotte bat Dr. Mato, den Mann nach dem Vorfall zu fragen, den Poppi beobachtet hatte.

Am Achselzucken des Landstreichers erkannten die Knickerbocker, dass er von nichts wusste. „Er hat den ganzen Nachmittag geschlafen und nichts bemerkt“, übersetzte Dr. Mato und fügte ungeduldig hinzu: „Aber jetzt kommt, wir müssen fort von hier.“

Von Barcelona sahen die Junior-Detektive kaum etwas. Sie fühlten sich zum ersten Mal seit ihrer Ankunft in Spanien sicher und langsam übermannte sie die Müdigkeit. Axel erkannte hohe Palmen, die er besonders gerne hatte. Dominik erspähte eine Kirche, die aussah, als wäre sie aus Tropfsteinen gebaut. Später sprang ihm ein Haus ins Auge, das mit seinem bunten Dach und den runden, geschwungenen Formen wie aus dem Bilderbuch wirkte.

„Diese Gebäude stammen vom spanischen Architekten Gaudí“, setzte er zu einem Vortrag an.

Aber seine Kumpels ließen ihn nicht ausreden. „Spar dir die Rede“, meinte Lieselotte müde.

Barcelona war eine riesige Stadt, in der es drunter und drüber ging. Dr. Mato musste sich mühsam den Weg durch das Verkehrsgewühl bahnen.

Poppi rutschte auf der Rückbank ein wenig nach unten, um den Kopf nach hinten legen zu können. Sie war so schläfrig, dass ihr die Augen fast zufielen. Unter den halb geschlossenen Lidern hindurch erschienen ihr die Autos vor ihnen als bunte, tanzende Flecken. Als das Mädchen schon fast einnickte, schob sich plötzlich ein roter Punkt vor seine Augen. Poppi öffnete ein Guckloch und saß gleich darauf kerzengerade auf der Rückbank.

„Das rote Auto, mit dem die Frau gekommen ist, fährt vor uns!“, kreischte sie. Noch etwas erkannte das Mädchen. Hinter dem Steuer saß ein Mann, der nur einen dünnen Haarkranz auf seinem Schädel hatte. Es handelte sich um langes, teils graues, teils weißes und teils schwarzes Haar. „Das ist Sebastian Fernandez! Er fährt mit dem Auto der Frau!“, schrie Poppi und hüpfte auf und nieder. Sie rüttelte Dr. Mato an den Schultern und war völlig aufgelöst. „Tun Sie doch etwas, Herr Doktor! Señor Fernandez ist ein Mörder! Das ist der Beweis!“

Sebastian Fernandez schien bemerkt zu haben, wen er gerade überholt hatte, und gab Gas. Er brach aus der Kolonne aus und versuchte unterzutauchen.

Der Arzt redete nicht lange, sondern trat auf das Gaspedal. „Festhalten und gut zurücklehnen!“, riet er seinen Passagieren. Er raste los und lenkte seinen Wagen geschickt zwischen den anderen Autos hindurch.

„Ich sehe ihn, er ist vier Wagen vor uns!“, meldete Axel, der auf dem Beifahrersitz kauerte. „Jetzt überholt er wieder… aber er kommt nicht weit!“

Alfons Mato setzte zu einem riskanten Überholmanöver an. Die Gegenspur war im Augenblick frei, aber eine Kurve war gefährlich nahe. Er wusste nicht, ob nicht schon in der nächsten Sekunde ein Fahrzeug um die Ecke bog. Der Arzt legte ruckartig einen niedrigeren Gang ein und ließ den Motor aufheulen. Er zog an den Autos vor ihm vorbei und steuerte auf den roten Wagen zu.

„Vorsicht!“, schrie Dominik, der auf der Rückbank ganz links saß. Um die Kurve war ein Lastwagen gebogen, der mit Kisten beladen war.

Dr. Mato verriss das Lenkrad und fädelte wieder in die Kolonne ein. Nur durch einen schnellen Tritt auf die Bremse konnte der Fahrer hinter ihm verhindern, mit ihm zusammenzukrachen. Auch der Fahrer des Lasters versuchte auszuweichen und einen Zusammenstoß zu vermeiden. Dabei knallte er gegen die Leitplanke und geriet ins Schleudern.

Dominik drehte sich um und beobachtete, wie die Kisten von der Ladefläche auf die Fahrbahn stürzten. „Ich glaube, der Laster stürzt um!“, meldete der Junge entsetzt.

Der Arzt kümmerte sich nicht darum. Er war nur noch zwei Wagen von dem roten Auto entfernt und setzte bereits zum nächsten lebensgefährlichen Überholen an.

„Señor Fernandez biegt rechts ab!“, schrie Axel. Der rote Wagen schlitterte in eine Nebenstraße. Dr. Mato folgte ihm.

Ab nun schlug Sebastian Fernandez Haken wie ein Hase. Er flüchtete in das enge Gassengewirr der Innenstadt von Barcelona und versuchte seinen Verfolger abzuschütteln. Zum Glück sahen die Knickerbocker-Freunde und der Arzt immer noch in letzter Sekunde, wohin der Wagen abbog.

Wieder war er in eine Seitenstraße abgebogen und für einige Augenblicke aus dem Blickfeld der Junior-Detektive verschwunden. „Rechts … rechts!“, kommandierte Axel.

Dr. Mato schaffte es gerade noch, abzubremsen und in die Gasse zu steuern. Mit dem verbleibenden Schwung krachte er in den roten Wagen, der verlassen quer auf der Fahrbahn stand.

Zum Glück waren die Knickerbocker-Freunde angeschnallt. Die Sicherheitsgurte verhinderten, dass sie nach vorn gegen die Windschutzscheibe geschleudert wurden.

„Los, kommt, er kann nicht weit sein!“, rief Axel. Er löste den Gurt und drückte die Wagentür auf seiner Seite auf.

Die anderen Junior-Detektive folgten seinem Beispiel. Dr. Mato musste noch kurz den Schock des Unfalls verdauen und kletterte anschließend ebenfalls aus dem Wagen. Die Kühlerhaube und die vordere Stoßstange waren total verbeult. Die Seitenfront des roten Autos war bis zur Mitte des Fahrersitzes eingedrückt.

Señor Fernandez hatte einen großen Vorsprung. Doch er beging den Fehler, über den freien Platz am Ende der Straße zu laufen und in ein großes, fensterloses Gebäude zu steuern. Die Knickerbocker sahen ihn und nahmen die Verfolgung auf.

Sie stolperten, stürzten, rasten auf das eigenartige Haus zu. Im Rennen überlegte Dominik, worum es sich dabei handeln könnte. Er kam zu dem Schluss, dass er sich möglicherweise vor einem Sportstadion befand. Auf den ersten Blick schien es nur einen Zugang in das Gebäude zu geben. Es war eine grüne Metalltür, die offen stand.

Lilo schlüpfte als Erste durch. Poppi, Dominik und Axel blieben ihr dicht auf den Fersen. Als Letzter kam Dr. Mato. Die fünf standen in einem Gang, zwischen hohen, offenen Boxen, deren Wände so hoch waren, dass sie nicht drüber blicken konnten. Ein dumpfes Stampfen und Schnauben kam von rechts.

Der Arzt wusste, wo sie waren. „Das ist eine Stierkampfarena“, sagte er. „Morgen soll hier ein Stierkampf stattfinden.“

Poppi fiel etwas ein. „Vielleicht … ist Señor Fernandez doch unschuldig und will hier nur protestieren.“

„Und deshalb fährt er mit dem Auto einer Frau, die er ums Eck gebracht hat?“, schnauzte Axel sie an.

„Ihr bleibt, wo ihr seid!“, befahl Dr. Mato. Er machte einige Schritte auf das Ende des Ganges zu, durch welches das Licht der Nachmittagssonne hereinfiel. Der Doktor blickte in die Arena, die dort begann, und kam wieder zurück. „Er muss sich in den Ställen verkrochen haben, und dort ist es eine Kleinigkeit, ihn zu erwischen!“, knurrte er. „Dieses entsetzliche Spiel wird jetzt beendet.“ Mit festen Schritten stürmte er nach rechts in den Gang, der sich hinter den Stierboxen befand. Dr. Mato entfernte sich immer weiter. Aber offenbar fand er Señor Fernandez nicht. Eine Zeit lang hörten die Junior-Detektive nur das Klicken der Metallplättchen, die an den Sohlen seiner Schuhe angebracht waren. Es wurde leiser und leiser.

Aus der Richtung, in die Dr. Mato gegangen war, kam ein leises Poltern. Ein Stier schnaubte. Holz splitterte. Danach herrschte wieder Ruhe. Die vier Freunde warteten angespannt, was als Nächstes geschehen würde.

„Nein!“, brüllte der Arzt in einiger Entfernung. „Niiiiiicht!“ Ein Schuss ertönte und die Knickerbocker-Kumpel erstarrten. Gleich darauf wurde Hufgetrappel hörbar. Wildes Schnauben kam auf die Freunde zu.

Axel machte ein paar Schritte nach vorn und warf einen Blick in den Gang. Er hatte einen entsetzlichen Verdacht. „Weg!“, schrie er. „Die Stiere kommen!“

Aus den Boxen waren mindestens fünf wilde Rinder ausgebrochen, die sich nun durch den engen Gang drängten, sich dabei gegenseitig anrempelnd.

Lieselotte wollte zur Tür hinaus auf den Platz, aber die hatte an der Innenseite keine Klinke. Sie konnte nur mit einem Schlüssel geöffnet werden.

„In die Arena, das ist der einzige Ausweg!“, schrie Dominik. Die vier rannten, so schnell sie ihre Füße nur trugen. Das Blut pochte in ihren Ohren und ihre Herzen rasten. Die Kraft war plötzlich aus ihren Beinen gewichen. Sie spürten, wie sie mit jedem Schritt schwächer wurden.

Das Schnaufen und Dröhnen der Stierhufe hinter ihnen wurde immer lauter. Wahrscheinlich waren die armen Tiere schon gequält und gereizt worden, damit sie am Kampftag besonders wild waren.

Die Knickerbocker-Bande stürmte in die Arena, die mit Sägespänen bestreut war. Rund um sie stiegen die Sitzreihen an, in denen sich kein Mensch befand.

Der erste Stier kam hinter den Käfigen hervor und stürmte in den Gang. Als würde er angetrieben werden, raste er aus der Dunkelheit auf das Licht zu.

Die vier Freunde hetzten nach vorn, blickten dabei aber ständig über die Schulter, um die Verfolger nicht aus dem Auge zu lassen.

„Wir müssen hinter die Holzwand, dort können sie uns nichts tun!“, brüllte Axel. Am Rande der

Kampfarena war nämlich eine ungefähr zwei Meter breite und zwei Meter hohe Holzwand aufgestellt, hinter die der Torero flüchten konnte.

Lieselotte hatte panische Angst, die Stiere aus dem Blickfeld zu verlieren, und lief deshalb rückwärts. Mit angstgeweiteten Augen starrte sie die wütenden und wild gemachten Rinder an.

„Lilo, komm schnell!“, schrien die anderen, die bereits hinter der Holzwand angekommen waren. Da stolperte Lilo über ihre eigenen Füße, verlor das Gleichgewicht und schlug der Länge nach hin. Sie lag nun auf dem Rücken in den Sägespänen und spürte, wie der Boden unter den Schlägen der Stierhufe bebte. Lieselotte wollte sich aufrappeln, aber alles drehte sich um sie. Sie konnte sich nicht orientieren. Die Arena schien Kopf zu stehen. Der Himmel war unten und die Sitzreihen verschwammen vor Lilos Augen. „Ahhh!“, schrie das Mädchen. Es hatte es gerade geschafft, den Oberkörper aufzurichten, und sah nun, wie die fünf Stiere direkt auf sie zugerannt kamen. Sie hatten die Hörner gesenkt und würden unter keinen Umständen von ihrem Weg abweichen. Ihre harten Hufe wirbelten hohe Staubwolken auf…

„Neeeeiiin!“, kreischten die anderen. Es war nur noch eine Frage von Sekunden, bis Lilo von den Stieren zertrampelt werden würde.

War es die Arena, die auf Dominik wie eine Bühne wirkte? Oder war es sein unglaublich großes Wissen, das er sich aus zahllosen Büchern angelesen hatte? Egal, die Hauptsache war, dass er etwas unternahm. Er hatte sich seine Jacke vom Körper gerissen und war hinter der schützenden Holzwand hervorgestürzt. Er schwenkte das Kleidungsstück wie ein Stierkämpfer das rote Tuch und brüllte: „Toro! Toro!" Das hieß so viel wie: „Stier! Stier!"

Dominiks Jacke war blau. Das Tuch der Stierkämpfer rot. Der Junge wusste allerdings, dass die Farbe völlig egal war. Die Stiere waren nämlich farbenblind und achteten nur auf die Bewegung.

Der Junge schwenkte die Jacke wild hin und her und schrie aus Leibeskräften. Er hatte sich mindestens zehn Schritte von der Holzwand entfernt und hoffte, dass er die Tiere ablenken konnte.

„Toro! Hierher! Kommt! Los! Olé!", brüllte Dominik.

Der erste Stier, der bereits sehr nahe an Lieselotte herangekommen war, drehte den Kopf. Dominik hätte vor Freude jubeln können. Der Stier fixierte die Jacke und rannte darauf zu. Er schien so etwas wie ein Leittier zu sein, denn die anderen Stiere folgten ihm. Auch sie stürmten jetzt alle auf Dominik zu.

Axel nutzte diesen Moment und hastete zu Lieselotte. Er riss sie an den Zöpfen und schleifte sie hinter die Holzwand. Dominik verließ nun auch wieder der

Mut, als er die Hörner und knorrigen Schädel auf sich zurasen sah. Er ließ die Jacke fallen und rannte zur Holzwand, so schnell ihn seine Füße trugen.

Alle vier Knickerbocker waren nun vorläufig in Sicherheit. Die Stiere hatten ihren Lauf gebremst und standen unschlüssig in der Arena. Ungeduldig scharrten sie mit den Vorderhufen und warfen schnaubend den Kopf in die Höhe.

„Super, Dominik!", lobte Axel seinen Kumpel. „Aber was jetzt?" Lilo war noch immer benommen und geschockt. Poppi redete auf sie ein, damit sie wieder zu sich kam.

Axel drehte sich um und blickte die Umrandung der Arena an. Auch sie war aus Holz und ungefähr zweieinhalb Meter hoch. „Räuberleiter und drüber!", sagte Axel. Er verschränkte die Finger und bildete so einen Steigbügel, in den seine Kumpel treten konnten. Danach kletterten sie auf seine Schultern und schwangen sich über die Brüstung. Poppi war die Erste. Ihr folgte Dominik. Beide schafften es, wenn auch mit Kratzern und Schürfwunden. Was machte das schon? Lieselotte schüttelte den Kopf, als wollte sie wie ein Hund alle Schreckensbilder abschütteln. Auch sie überstieg mit Axels Hilfe die Holzumrandung und plumpste neben Poppi und Dominik auf die gemauerten Sitzreihen.

„Halt … und Axel, wie kommt er aus der Arena?", rief Dominik. Das vierte Mitglied der Bande war schließlich nicht sehr groß. Allein schaffte er es nie, über die Brüstung zu kommen.

Dominik erhob sich und blickte über den Rand der Arena. „Axel, nicht!", schrie er. Axel war nämlich hinter der Schutzmauer vorgetreten und machte Anstalten, durch die Arena zu laufen. Die Stiere befanden sich links von ihm und waren bereits auf ihn aufmerksam geworden. Axel rannte los und legte den schnellsten Sprint seines Lebens hin. Die Stiere starteten augenblicklich und hetzten ihm nach. Wohin wollte der Junge?

Mit offenem Mund beobachteten die Mädchen und Dominik, wie ihr Kumpel durch die Arena jagte und rechts vom Gang auf die Holzmauer zusteuerte. „Dort ist eine Tür!“, rief Dominik. Hoffentlich war sie nicht abgesperrt!

Axel ließ es nicht einmal auf einen Versuch ankommen. Er sprang ab, drehte sich in der Luft halb zur Seite und warf sich mit seinem ganzen Gewicht gegen die Tür. Sie flog auf und der Junge landete dahinter auf dem Boden des Zuschauerraumes. Erleichtert sahen Lilo, Poppi und Dominik, wie Axel die Tür mit den Füßen zuschleuderte.

Stöhnend humpelte er zu ihnen. Der Junge rieb sich die Schulter und knurrte: „Die verdammte Tür war ohnehin offen. Auaaaaa!“

Die Freude darüber, in Sicherheit zu sein, war groß. Erleichtert umarmten sich die vier und ließen ihren Tränen freien Lauf. Der Schreck musste einfach raus. „Dr. Mato, er … hat das … nicht überlebt!“, schluchzte Poppi. „Sebastian Fernandez hat ihn … in eine Falle gelockt … Uns auch … Der Schuss …!“

Lieselotte legte ihrer Freundin die Hand auf den Mund und meinte: „Pssst! Ganz ruhig, lass gut sein, Poppi! Wir gehen jetzt zur Polizei. Dort sind wir geschützt. Und dort erstatten wir Anzeige. Die Polizei wird sich um den Wahnsinnigen kümmern.“

Die vier Freunde wankten durch die Sitzreihen und suchten einen Ausgang. Sie fanden eine Treppe, die nach unten führte, und standen schließlich vor einem Gittertor. „Wir klettern darüber", sagte Lilo matt. Mit letzter Kraft bewältigten die Junior-Detektive auch dieses Hindernis und landeten auf der Straße. Sie rappelten sich auf und torkelten durch die Gasse auf den Platz, den sie bereits kannten. Außer ihnen war hier kein Mensch.

Die Knickerbocker waren so erschöpft, dass sie sich einfach auf den Bürgersteig setzten und gegen die Mauer der Stierkampfarena lehnten. Atmen, jetzt nur ein paar Mal tief durchatmen.

Ein leises Quietschen links von ihnen ließ die Junior-Detektive aufblicken. Aus der Tür, durch die sie in die Arena gelangt waren, kam Sebastian Fernandez gestürzt. Die Bande blieb stocksteif sitzen. Der Mann durfte sie unter keinen Umständen bemerken.

Plötzlich fiel Lilo etwas auf. Sebastian Fernandez musste geschrumpft sein. Er war mindestens einen Kopf kleiner, als sie ihn in Erinnerung hatte. Außerdem war er stämmiger. Und obendrein trug er dieselben blauen Gummistiefel, die der Landstreicher im Park angehabt hatte. Lieselotte waren sie deshalb aufgefallen, weil sie im Gegensatz zum ärmlichen Gewand des Mannes ziemlich neu zu sein schienen. Moment mal… die Fußabdrücke am Teich stammten doch auch von Schuhen mit tiefer Profilsohle! Und welche Schuhe haben tiefe Profilsohlen? Gummistiefel!, dachte sie. Lieselotte hatte das Gefühl, als wäre glühendes Blei in ihre Adern gespritzt worden.

Der Beweis für die Richtigkeit ihrer Gedanken kam

sofort. Sebastian Fernandez packte nämlich seine langen, strähnigen Haare und riss sie nach oben. Er zog sich Haare und Gesicht ab. Es handelte sich um eine Gummimaske, unter der das verschwitzte, rote Gesicht des Landstreichers zum Vorschein kam.

Vorsicht, Killer!

Axel, Lilo, Poppi und Dominik pressten sich gegen die raue Außenwand der Arena, hielten die Luft an und wünschten sich, unsichtbar zu sein. Der Mann, der Dr. Mato erschossen hatte, stand zehn Meter von ihnen entfernt. Es war derselbe Mann, der auch die junge Frau auf dem Gewissen hatte und die Stiere auf die Knickerbocker-Bande gehetzt hatte. Der Mann war bestimmt kein Landstreicher, sondern ein eiskalter Profigauner. Lieselotte fiel sogar ein anderes Wort für ihn ein: „Killer!" Das traf den Nagel auf den Kopf.

Der Gangster schien mit seiner Tat sehr zufrieden. Er schloss die Metalltür und sperrte sie ab. Danach zog er die fleischfarbenen, dünnen Gummihandschuhe aus, die er getragen hatte. Sie waren der beste Schutz, um auch bestimmt keine Fingerabdrücke zu hinterlassen. Nachdem er seine Hände gründlich abgewischt und abgeklopft hatte, ließ er sie in die breiten Taschen seiner Hose gleiten und marschierte fröhlich pfeifend davon. Er steuerte auf den Wagen von Dr. Mato zu und schien einsteigen zu wollen.

Lilo stieß die anderen mit dem Ellbogen an und bedeutete ihnen, zur Seite zu verschwinden. Das Auto stand so, dass die Windschutzscheibe zur Arena zeigte. Der Gauner hätte die Knickerbocker entdecken können.

Axel, Poppi, Dominik und das Superhirn robbten nach rechts und verkrochen sich hinter einem Stapel Holzkisten vor einem Obstladen.

Sie hörten, wie der Mann den Wagen anließ, zurückfuhr, sich dadurch aus der Verkeilung mit dem roten Auto befreite und davonraste. Als der Motor in der Ferne verklang, atmeten die vier erst einmal tief durch. Jeder einzelne Muskel ihres Körpers schien sich zu entspannen. Wie Ballons, aus denen die Luft entwichen war, sackten sie auf den Gehsteig.

„Ich will nur noch eines: nach Hause!“, verkündete Poppi.

„Das wollen wir alle. Vor allem habe ich irre Sehnsucht nach einem Bett!“, sagte Lilo. „Aber wir sind von einem Mann um Hilfe gebeten worden, den wir heute bereits für einen Verrückten und für einen Mörder gehalten haben.“

Axel hob den Kopf. „Sebastian Fernandez, nicht wahr?“

„Kluger Junge!“, lobte Lilo spöttisch. „Mit eigenen Augen haben wir gerade gesehen, dass er einen Doppelgänger hat. Ihn hat Poppi auch vom Turm aus gesehen. Der Mann scheint sich als Señor Fernandez zu verkleiden, um den Verdacht auf unseren Freund zu lenken.“

Dominik schüttelte heftig den Kopf. „Nein, das kann nicht sein. Er wusste doch nicht, dass er von Poppi beobachtet wurde. Ich glaube, diese Frau wollte zu Sebastian Fernandez. Der Mann ist in der Verkleidung zu ihr getreten, und als sie den Schwindel durchschaut hatte, musste sie dran glauben.“

Axel hob die Hand. „He, vielleicht aber auch nicht. Vielleicht hat er das nur getan, damit die Frau später überall herumerzählt, dass Sebastian Fernandez sie beinahe umgebracht hätte.“

Lilo fügte die Puzzleteile zusammen. „Señor Sebastian soll von allen für gefährlich und verrückt gehalten werden. Aber wozu?"

„Wir müssen ihn warnen!", sagte Poppi. „Schließlich sind wir auf die faulen Tricks auch hereingefallen. Sebastian Fernandez hat so viel für den Tierschutz getan, ich will nicht, dass er im Gefängnis landet für etwas, das er gar nicht ausgefressen hat."

Lilo gab ihrer Freundin Recht. „Ins Gefängnis gehört dieser Killer, der Dr. Mato auf dem Gewissen hat. Nur weil wir ihn um Hilfe gebeten haben … liegt er jetzt da drinnen …!"

Die Bande schwieg. Sie versuchte diesen Gedanken im Augenblick zu verdrängen. An dieser grauenhaften Tatsache war nichts zu ändern. Doch es gab anderes, das sie verhindern konnte.

Lilo schlug ihren Kumpeln etwas vor: „Wir rufen die Polizei zur Arena, hauen aber selbst ab. Irgendwo müssen wir ein bisschen schlafen. Ich kann nämlich nicht mehr und euch geht es auch nicht besser. In der Nacht fahren wir mit dem Taxi zum Castillo zurück und versuchen mit Señor Sebastian zu reden."

„Wieso rufen wir ihn nicht an?", wollte Dominik wissen.

„Weil im Schloss vielleicht auch die Telefone abgehört werden", erklärte ihm das Superhirn. „Los, kratzt eure Peseten zusammen. Wir gehen in ein Hotel." Poppi bezweifelte, dass sie dort zwei Zimmer bekommen würden. „Wir suchen uns ein kleines Hotel und behaupten, unsere Eltern kommen nach", sagte Lieselotte.

Der Anruf bei der Polizei war mühsam, da erst ein

Beamter gefunden werden musste, der Englisch sprach. Er wollte Lilo zuerst auch nicht glauben, ließ sich schließlich aber doch überzeugen und versprach, bei der Arena vorbeizuschauen.

Das Hotel war schnell gefunden. Von außen sah es nicht sehr Vertrauen erweckend aus. Hinter der abgewetzten Empfangstheke stand eine rundliche Frau, die ein dickes, gestricktes Dreieckstuch um die Schultern geschlungen hatte. Sie war gerade dabei, ein neues anzufertigen. Unaufhörlich klapperte sie mit den Stricknadeln.

Wieder kramte Lieselotte all ihre Englischkenntnisse zusammen und erklärte, was sie wollten. Die Frau schien nicht im Geringsten überrascht. Allerdings wollte sie Geld sehen. Die Knickerbocker legten den Großteil der Geldscheine auf den Tisch, die sie in den Taschen hatten, und erhielten dafür zwei Zimmerschlüssel.

Neben dem Hotel befand sich ein Hamburger-Restaurant, wo sie noch schnell ihren Hunger stillten, bevor sie zu Bett gingen. Es war erst kurz nach acht Uhr. In den vergangenen Stunden hatte sich so viel ereignet wie sonst nur in drei Monaten.

Axel stellte den Wecker seiner Armbanduhr auf zwei Uhr in der Früh, legte sich zurück und schlief schnell ein.

Was würde die Nacht bringen?

Schreie in der Nacht

Piep-piep-piep-piep! Axels Uhr stieß jede Sekunde einen Piepton aus. Die vier Knickerbocker hörten es nicht. Sie hatten die Köpfe tief in die Kissen gebohrt und schliefen. Piep-piep-piep-piep! Die Uhr gab nicht auf. Es war zwei Uhr in der Früh: Weckzeit!

Irgendwo in der Weite der Träume von Axel und Dominik ertönte ein leises Piepsen. In Dominiks Traum war es ein weißes Schwein, das quiekend auf ihn zustürmte. In Axels Traum kamen die Laute von einer Puppe aus Wachs, die den Mund bewegen konnte. Hinter den Lippen blitzten lange, spitze weiße Zähne auf. Die Puppe marschierte mit zackigen Schritten auf den Jungen zu und neigte den Kopf. Sie riss den Mund weit auf und setzte zu einem Vampirbiss an.

Mit einem Schrei erwachte Axel und setzte sich kerzengerade im Bett auf.

Piep-piep-piep-piep! Die Uhr tat brav ihren Dienst und schrillte noch immer. Schlaftrunken tastete Axel nach ihr und drückte auf den Knopf. Jetzt nicht mehr einschlafen, auch wenn das Bett noch so weich ist!, sagte er streng zu sich. Er beugte sich zum anderen Bett und rüttelte Dominik. „Raus, es geht los!“, knurrte er missmutig. Freundlichkeit um diese Tageszeit wäre über seine Kräfte gegangen.

Die Jungen schlüpften in ihre Klamotten und weckten die Mädchen. Zehn Minuten später standen sie bereits auf der Straße. In dieser Gasse brannten nur wenige Lampen und es war kaum etwas zu erkennen. Die

Luft war kalt und die Bande fröstelte. Auf Nachtausflüge waren die vier nicht eingestellt. Dominik lief noch einmal ins Hotel zurück. Die anderen hörten, wie über ihren Köpfen ein Zimmerfenster geöffnet wurde. „Auffangen!“, kommandierte der Junge und warf die Badetücher herunter. Er selbst benutzte lieber wieder die Treppe. „Wir bringen die Dinger später wieder zurück, aber zum Einwickeln sind sie bestimmt angenehm. Wer weiß, wann wir wieder behagliche Wärme spüren werden“, erklärte er.

Die Knickerbocker-Bande marschierte durch die nächtlichen Gassen, bis sie zu einer Hauptstraße kam. Um diese Tageszeit fuhr aber auch dort kaum ein Auto. Es dauerte fast eine halbe Stunde, bis endlich ein Taxi auftauchte. Zum Glück hielt es an, als die vier Freunde winkten.

Der Fahrer blickte sie zweifelnd an. Lilo beschloss, dass jetzt nur Hochnäsigkeit helfen konnte, und schleuderte dem Mann lässig die Adresse an den Kopf. Der Fahrer zog die Augenbrauen hoch. Er schien zu wissen, was sich dort befand. Wahrscheinlich meint er, dass alle verrückt sein müssen, die in so einem seltsamen Schloss wohnen, dachte das Superhirn.

Während der Fahrt sprachen die Junior-Detektive kaum ein Wort. Sie dämmerten noch ein wenig vor sich hin und versuchten ein bisschen Schlaf nachzuholen. Die nächsten Stunden würden bestimmt genug Kraft kosten.

„He, wie kommen wir überhaupt ins Schloss? Die Türen sind alle abgeschlossen!“, fiel Axel ein.

Lieselotte hatte sich bereits etwas überlegt. „Wir können Señor Sebastian nur durch einen Trick rufen.

Der arme José muss sich aufregen und kreischen. Hoffentlich hört sein Herrchen das und kommt ihm zu Hilfe!“

Poppi fand die Idee nicht erstklassig, aber sie wusste auch keine andere.

Vor dem breiten Tor in der Mauer, die das Anwesen umgab, hielt das Taxi. Das schmiedeeiserne Tor war geschlossen und hinderte den Wagen an der Weiterfahrt. Die Knickerbocker zahlten und stiegen aus. Sie waren nun endgültig blank.

Stumm deutete Dominik auf den Wagen von Dr. Mato, der ein Stück weiter an der Mauer abgestellt war. „Ihr wisst, was das bedeutet?“

Die anderen nickten. Der Mörder war auch hier.

„Wir dürfen ihm nicht in die Arme laufen!“, meinte Dominik.

Spöttisch zischte Lieselotte: „Was du nicht sagst? Ich dachte, du wolltest mit ihm Flohhüpfen spielen!“

„Ruhe und Frieden!“, zischte Axel. „Los, kommt! Habt ihr eure Taschenlampen dabei?“ Ein dreifaches Ja war die Antwort. „Wir werden sie heute noch viel brauchen, deshalb Batterien sparen. Es werden höchstens zwei angeknipst, kapiert?“ Alle stimmten zu.

Die Junior-Detektive schüttelten ihre Arme und Beine aus und waren nun endgültig wach. Lilo gab mit einem Kopfnicken das Startzeichen für die Aktion „Fernandez“. Die Bande kletterte über das schmiedeeiserne Tor und sprang auf den Weg, der zum Schloss führte.

„Jetzt müssen wir immer die richtige Abzweigung erwischen, sonst landen wir im Wasser oder in einem Graben!“, flüsterte Axel.

Dominik bewies wieder einmal seine grandiose Beobachtungsgabe. „Das ist nicht allzu schwierig“, meinte er. „Wir gehen dreimal rechts, dann zweimal links und dann wieder einmal rechts. Schon sind wir beim Schloss!“

Lilo klopfte ihm anerkennend auf die Schulter und sie gingen los. Die vier blieben so dicht beisammen, dass sie einander immer spüren konnten. Die Taschenlampen der Mädchen leuchteten ihnen. Poppi richtete das Licht ihrer Lampe auf den Weg. Lieselotte suchte die Umgebung nach versteckten Feinden oder Angreifern ab.

Die vier hatten die Köpfe tief zwischen die Schultern gezogen. Sie rechneten jede Sekunde damit, dass der Gauner aus der Arena sie anspringen könnte.

„In der Nacht ist alles wie bei Tag, es fehlt nur das Licht!“, sagte Lieselotte sich und ihren Freunden immer wieder laut vor.

„Stimmt, aber dieser Park ist auch bei Tag ein Horror!“, flüsterte Axel.

„Hör auf, wir dürfen uns jetzt nicht selbst entmutigen“, fuhr ihn das Superhirn an.

Schritt für Schritt kämpften sich die vier durch den Garten. Die Äste über ihren Köpfen waren Grauen erregend. Als Poppi einmal hinaufblickte, kniff sie sofort die Augen zu und versuchte das Bild wieder aus ihrem Kopf zu vertreiben. Die Bäume wirkten wie Kraken, die mit ihren Armen nach den Junior-Detektiven greifen wollten.

„Das ist die dritte Abzweigung nach rechts“, stellte Dominik fest. Axel, Poppi und Lilo atmeten erleichtert auf. Sie hatten schon die Hälfte des Weges geschafft.

Plötzlich blieb Axel stehen und hielt die anderen zurück.

„Was ist?“, erkundigte sich Lilo flüsternd.

„Hört ihr das?“, zischte der Junge.

Die anderen verharrten ruhig und lauschten in die Nacht. Da und dort knackte es. Ein leichter Windhauch strich durch die Bäume und brachte die Kronen zum Rauschen. Zwei Käuzchen unterhielten sich mit ihren hohen Schreien. Aber darauf wollte Axel nicht aufmerksam machen.

Da schrie jemand! Sehr weit entfernt rief eine Stimme. Sie erinnerte Axel an seinen Traum. Die Stimme hörte sich an, als käme sie aus dem All. Die Knickerbocker-Freunde schlotterten und bekamen eine Gänsehaut.

„Wer auch immer da schreit, befindet sich … links“, hauchte Dominik.

Lieselotte ließ den Lichtstrahl der Taschenlampe in die Richtung gleiten. „He … das ist der Teich, an dem die Frau überfallen worden ist!“, flüsterte das Mädchen. „Kommt … wir … wir gehen nachsehen … das müssen wir … es bleibt uns nichts anderes übrig!“

Die Junior-Detektive seufzten und zogen die Köpfe noch tiefer ein. Gebückt tappten sie über den Pfad auf das Wasser zu.

„Nichts mehr zu hören!“, stellte Axel fest.

„Wir gehen auf jeden Fall zu dem Felsen, hinter dem der ‚Landstreicher‘ gestanden hat“, sagte Lieselotte.

„Aber was geschieht, wenn er wieder dort ist? Der Mann ist lebensgefährlich“, zischte Poppi.

Lilo bückte sich und hob einen dicken Holzprügel auf.

„Sucht euch auch etwas. Holz oder Stein, Hauptsache hart!“

So bewaffnet kamen die Junior-Detektive am Teichufer an. Sie hatten nicht den Mut zu rufen. Aus ihren Kehlen kam kein Ton.

Axel spitzte die Lippen und pfiff eine Melodie. Es war „Eviva España“. Auf jeden Fall sollte es danach klingen. Kurze Stille… Dann ertönte wieder ein Schrei. Er war nur viel näher und kam von dem Felsen.

Lilo beugte sich vor und zog ihre Kumpel zu sich. Sie flüsterte: „Da ist jemand in Gefahr. Ich bin überzeugt, dass es die Frau ist. Sie lebt. Der Killer ist nicht bei ihr. Sonst hätte sie jetzt nicht ‚geantwortet‘. Sie ist in Not!“

Das leuchtete den anderen ein und sie waren bereit, Lieselotte zu folgen. Die vier tappten über den feuchten, matschigen Boden des Teichufers, bis sie bei dem Felsen angelangt waren. Sie pressten sich gegen den kalten Stein und umrundeten den Felsen. An der Rückseite, dort, wo der Mann gestanden hatte, entdeckten sie eine tiefe Nische. Es war fast schon eine kleine Höhle. Axel betrat sie als Erster und leuchtete die bizarren, zerklüfteten Wände ab. Als er einen kleinen Schritt vorwärts machen wollte, fand er mit seinem Sportschuh keinen Halt mehr. Der Boden war unter seinem Fuß verschwunden und Axel trat ins Leere. „Ahhhhh!“, schrie er entsetzt. Das Licht seiner Taschenlampe verschwand in der Tiefe. Und mit ihm der Junge!

Der erste Schritt zur Lösung

„Axel!" Lieselotte blieb fast das Herz stehen.

„Axel!!!", schrien Poppi und Dominik.

Ihr Kumpel war weg. Im Boden verschwunden. Dominik leuchtete nach unten. Um ein Haar wäre ihm vor Schreck die Taschenlampe aus der Hand gefallen. Er selbst war höchstens noch zwei Schritte von einem kreisrunden Loch im Boden entfernt. Axel war hineingetreten und ... nicht abgestürzt. Das Loch war eng und der Junge war nach vorn gefallen. Wie eine Brücke lag er jetzt über der Öffnung im Boden.

„Schnell ... glotzt nicht so vertrottelt!", tobte er. Seine Schuhe rutschten nämlich langsam ab und der Junge drohte endgültig in die Tiefe zu stürzen.

Die anderen Knickerbocker packten ihn an den Armen und Beinen und zogen ihn zur Seite. Axel war am ganzen Körper schweißnass. Er zitterte und bebte.

„Was ist das da?", fragte Poppi.

Lieselotte, die sich neben Axel gekauert und ihre Arme um ihn gelegt hatte, schüttelte den Kopf. „Eine Falle ... oder so was Ähnliches!"

Dominiks Meinung lautete anders. „Man könnte es auch für einen Brunnen halten."

Axel stotterte beim Sprechen. „Mir ... mir ... egal ... ich ... ich wäre fast abgestürzt!", stieß er hervor.

Aus der Tiefe des Loches kam eine schwache, heisere Stimme.

„Da ist jemand unten!", keuchte Poppi.

Dominik robbte auf dem Bauch zum Rand des Loches und leuchtete in die Tiefe. „Eine Frau … es ist eine gefesselte Frau!“, meldete er. „Das Loch ist so eng, dass sie ihre Arme und Beine angezogen hat. Das muss entsetzlich sein. Außerdem ist sie verschnürt wie ein Postpaket.“

Poppi kroch neben ihren Kumpel und warf einen Blick hinunter. „Das ist die Frau, die ich gesehen habe!“, japste sie.

Dominik erkannte an der Wange der Frau einen breiten grauen Streifen, der wie ein Hautfetzen weghing. „Das ist das Klebeband, mit dem sie geknebelt war. Es ist ihr gelungen, das Zeug abzustreifen!“, kombinierte er. Allerdings war das zurzeit völlig unwichtig.

„Wir müssen die Arme retten. Sie sitzt seit über zwölf Stunden dort unten“, sagte Lieselotte.

„Retten? Wie? Ohne Seil?“, meinte Dominik.

„Mach deine Glubschaugen auf, Dicker!“, fauchte das Superhirn und leuchtete auf den Steinboden neben dem Loch. Dort lag, fein säuberlich aufgerollt, ein dickes Tau. Lieselotte drückte es ihren Kumpeln in die Hand und befahl: „Ihr haltet es fest. Ich klettere hinunter und helfe der Frau. Axel, gib mir dein Taschenmesser!“

Der Junge zog das Schweizermesser heraus und legte es in Lilos Hand. Poppi, Dominik und er packten das Tau und Lilo begann mit dem Abstieg. Als geübte Bergsteigerin war er für sie nicht allzu schwer. Allerdings gab es ein Problem. Die Röhre, die in die Tiefe führte, war so schmal, dass das Mädchen ständig mit den Knien und den Ellbogen gegen die Wände stieß. Auf dem Boden des Loches war nicht einmal genug

Platz für zwei. Das Superhirn blieb wie Tarzan am Seil hängen, klappte das Messer aus und streckte es nach unten. Die Frau hob die gefesselten Arme und Lieselotte schnitt die dünnen Nylonseile durch. Von den Fußfesseln konnte sich die Frau selbst befreien.

Lieselotte wollte mit dem Aufstieg beginnen, bemerkte aber, dass es fast unmöglich war. Zum Klettern blieb nicht genug Platz. Ihre Knickerbocker-Kumpel mussten sie nach oben ziehen.

Mit vereinten Kräften schafften sie es auch. Gleich darauf ließen sie das Seil wieder in die Tiefe und befreiten nun die Frau aus ihrem engen Gefängnis. Sie war völlig erschöpft und blieb stöhnend auf dem Boden liegen. Ihre Arme und Beine waren steif und unbeweglich. Die Enge des Loches und die Kälte, die dort unten herrschte, hatten sie sehr mitgenommen.

„Guten Tag!“, sagte Lieselotte, weil ihr nichts anderes einfiel.

Die Frau blickte sie an und keuchte heiser: „Buenas días … äh … buenas noches … (= Gute Nacht!)!“

„Wir sprechen leider kein Spanisch!“, erklärte Lilo. „Do you speak English?“

Die Frau nickte. Zusammengekrümmt lag sie noch immer auf dem kalten Boden.

„Los, schiebt ihr unsere Badetücher unter!“, sagte Dominik.

Die Knickerbocker-Freunde betteten sie auf die weichen Frottiertücher und die Frau nickte dankbar. Auf Englisch erkundigte sie sich: „Wer … seid ihr?“

Die Knickerbocker stellten sich kurz vor und erzählten von dem Überfall, den sie beobachtet hatten.

„Es war Sebastian Fernandez, richtig!“, stöhnte die

Frau. „Er hat mich überwältigt, gefesselt und in dieses Loch hinuntergestoßen."

Lieselotte erklärte der Frau, wie sich die Sache tatsächlich verhielt. „Aber wer sind Sie?", wollte sie wissen. „Wieso sind Sie zum Schloss gekommen?"

„Mein Name ist Klara", stellte sich die Frau mit dem langen Haar vor. „Ich leite eine Tierschutzorganisation. Sie heißt ‚Tigerzahn'. Sebastian Fernandez ist Mitglied und ein großartiger Mitarbeiter. Ich bin gekommen, weil er für unsere Aktion etwas Gigantisches vorhatte: Er wollte das Vermögen, das er geerbt hat, ‚Tigerzahn' schenken. Wir wollten beginnen, den genauen Vertrag auszuhandeln und alles vorzubereiten."

Lieselotte schluckte. „Er wollte Ihnen sein gesamtes Vermögen schenken?", wiederholte sie ungläubig.

Klara nickte. „Wisst ihr, was das für uns bedeutet hätte? Wir hätten damit unglaubliche Möglichkeiten gehabt und tausenden, ja sogar Millionen von Tieren das Leben retten können."

Das Superhirn hörte nicht mehr zu. In seinem Kopf wirbelten die Gedanken herum. Es hatte einen Verdacht, der so entsetzlich war, dass es nicht daran glauben wollte. „Wisst ihr, wer Sebastian Fernandez versucht fertig zu machen?", sagte Lilo zu ihren Detektiv-Kollegen. Axel, Poppi und Dominik blickten sie gespannt an. „Seine Frau Isabella!"

„Was???" Nein, das konnten die anderen tatsächlich nicht fassen. „Die freundliche, korrekte Frau, die immer geht, als ob sie einen Besenstiel verschluckt hätte?", rief Axel ungläubig.

Lieselotte war fest davon überzeugt. „Sie hat doch keine Lust, dass ihr Mann sein gesamtes Vermögen einer Tierschutzorganisation schenkt. Sie möchte selbst ein schönes Leben haben. Aus diesem Grund hat sie den Gangster angeheuert, der Sebastian Fernandez zum Wahnsinn treiben sollte. Alle sollten denken, er wäre geistig krank. Dafür hätte es beinahe eine großartige Zeugin gegeben: Klara. Sie wurde von ihm gefesselt und in eine der Geisterfallen hier im Park geworfen. Sie hat ihn mit eigenen Augen gesehen… oder besser gesagt, die Gummimaske, die ihm so täuschend ähnlich sieht. Sebastian Fernandez wäre entmündigt worden und seine Frau hätte von nun an das Geld verwalten können. Für ihre Zwecke, nicht für seine. Jetzt ist mir auch klar, wozu der Horror gut war, den wir erlebt haben."

Dominik verstand das auch. „Um uns zu vertreiben! Damit wir schnell wieder abreisen, mit der Gewissheit, dass Señor Fernandez nicht richtig tickt."

Axel konnte sich sogar den Spuk in der Folterkammer erklären: „Die Señora hat sich selbst in die eiserne Jungfrau gestellt und ihren Mann unter das Messer gelegt. Mit Hilfe des Gangsters natürlich, der uns vorher die Wachsleiche vor die Füße geworfen hat."

„Und was jetzt?", fragte Poppi leise. „Das ist ein Fall für die Polizei!"

Lilo gab ihr Recht. „Poppi, du und Klara, ihr versucht die Polizei zu alarmieren. Axel, Dominik und ich laufen zum Castello und machen die Sache mit dem Gorilla. Der Killer ist unterwegs und es kann sich jetzt um Minuten handeln. Wer weiß, was er plant. Vielleicht holt er heute zum letzten Schlag gegen Sebastian aus!"

Das Messer

Poppi und Klara machten sich auf den Weg zum Ausgang des Parks. Sie wollten von dort aus zum nächsten bewohnten Haus laufen, das allerdings ein gutes Stück entfernt lag. Die anderen Mitglieder der Knickerbocker-Bande liefen zum Castillo. Die drei Freunde bebten am ganzen Körper. Sie hatten höllische Angst vor der nächsten Stunde, aber sie wussten, dass sie ihren Freund Sebastian Fernandez nicht im Stich lassen durften.

Axel, Lilo und Dominik betraten den großen Burghof vor dem Hauptgebäude. Sie hatten zum Glück einen Helfer, der ihnen schon einige Male sehr nützlich gewesen war: den Mond. Er leuchtete vom Himmel und erhellte die Umgebung ausreichend, um das Wichtigste erkennen zu können.

„Wir gehen sofort zu José!“, entschied Lilo, als Axel auf das Tor zusteuerte, das in die Vorhalle führte. Der Junge war einverstanden. Er hatte wenig Lust, das gruselige Schloss zu betreten. Auch wenn sie den Spuk mittlerweile entlarvt hatten, blieb das Castillo trotzdem Furcht erregend.

Im Gänsemarsch hasteten die drei zu dem Nebenhof, in dem sich das Gehege des Gorillas befand. Als sie durch die Toreinfahrt traten, prallte Lieselotte zurück. Die Tür des Käfigs stand offen und zwischen den Blättern tanzte ein Licht.

Die Junior-Detektive drückten sich an die Wand und schoben sich langsam in Richtung Gehege. Es gab eine große Hoffnung: Sebastian Fernandez befand sich bereits bei seinem Liebling.

Nun hatten die Freunde die Plexiglasscheibe erreicht und duckten sich. Die Büsche dahinter waren nicht sehr hoch. Gebückt schlichen und watschelten die Knickerbocker in Richtung Tür. Lilo bedeutete den anderen, kurz anzuhalten, und hob den Kopf. Sie spähte durch die Glasscheibe, über die großen Blätter hinweg, die dahinter wucherten. Es befand sich tatsächlich jemand bei José. Allerdings war der Jemand fast völlig von den Dschungelpflanzen verdeckt. Er ging mit langsamen Schritten durch den Käfig... auf den Gorilla zu. José hockte friedlich im hinteren Teil des Urwaldes und schien keine Angst zu haben. Lieselotte ließ die Gestalt im Käfig nicht aus den Augen.

Jetzt lenkte der Kerl im Käfig den Lichtstrahl seiner Taschenlampe auf seinen Kopf. Lilo wollte vor Freude fast einen Luftsprung machen. Sie erkannte das grauschwarz-weiße, lange Haar von Sebastian Fernandez. Es war also tatsächlich der Mann, den sie warnen wollten. „Kommt!", sagte sie halblaut zu ihren Kumpels. „Wir haben ihn gefunden. Er ist da!" Sie lief zur Käfigtür, betrat den Urwald und sagte: „Señor Fernandez, psssst, wir sind es!"

Der Schlossbesitzer erschrak so sehr, als hätte ihm das Mädchen eine glühende Nadel in den Rücken gestoßen. Er wirbelte herum und starrte Lilo an. In seiner Hand blitzte ein langes, blankes Messer.

Das Superhirn wich zurück und betrachtete das Gesicht des Mannes genauer. Es war faltig und verzogen. Die Gummimaske! Der Killer!

„Zurück! Raus!", schrie Lieselotte. Der Killer hatte

zweifellos ein paar Kleider von Sebastian Fernandez angezogen und sich das künstliche Gesicht übergestülpt, um an den Gorilla heranzukommen. Er machte zuerst einen Schritt auf die Knickerbocker-Kumpel zu, besann sich dann aber wieder auf den eigentlichen Grund seines Besuches im Gorillakäfig. Der Mann holte mit dem Messer weit aus. Er wollte sich auf José stürzen und ihn erstechen. Und der Gorilla unternahm nichts, weil er den Mann für seinen Ersatzvater hielt.

Lilo brüllte los, so laut sie konnte, und trat mit den Füßen gegen das Käfiggitter. Diese Aktion verfehlte ihre Wirkung nicht.

Der Gorilla stieß ebenfalls einen langen Schrei aus und flüchtete. Der Mann mit der Gummimaske hechtete ihm nach, landete aber auf dem Boden. Da Gorillas hauptsächlich auf dem Boden leben, konnte sich José nicht auf einen der Bäume retten.

Der Killer war nämlich bereits wieder auf den Beinen und nahm die Verfolgung abermals auf. Lieselotte hörte nicht auf, gegen das Gitter zu schlagen, um das Tier so wild und aufgeregt wie möglich zu machen. Hatte nicht sein Besitzer selbst große Angst vor dem Menschenaffen gehabt? José hatte ihn sogar angegriffen, weil er durch den nächtlichen Besuch auf dem Dach seines Käfigs noch verstört und gereizt war.

Mit großen Schritten versuchte sich der eiskalte Kerl durch der künstlichen Dschungel zu kämpfen. Mit seinem weißen Fell konnte sich José nicht verstecken. Der Mann entdeckte ihn überall. José schrie, blieb aber stur hocken.

„Renn, du blödes Vieh!“, tobte Lieselotte. „Der will dich umbringen! Renn!“

Der Gorilla blieb weiter sitzen und trommelte sich mit den Pranken auf die Brust. Der Mann mit dem Messer hatte ihn bald erreicht. Wieder hob er die Waffe, um dem Gorilla den tödlichen Stich zu versetzen.

Doch er kam nicht dazu. Das Tier schoss wie eine lebendige Kanonenkugel nach vorn und donnerte mit seinem runden Kopf genau gegen den Bauch des Mannes. Dieser schaffte es gerade noch, ein gequetschtes Stöhnen auszustoßen, bevor er zusammensackte. José rannte über ihn hinweg und flüchtete zur anderen Käfigseite.

Lieselotte leuchtete in das Gehege und entdeckte das Messer. Sie rannte hin, hob es auf und nahm es mit. Als sie damit aus dem Käfig hetzte, prallte sie gegen jemand. „Poppi! Was machst du da?“, zischte Lilo.

„Ich … ich bin euch nachgekommen … weil Klara nicht gehen konnte. Allein habe ich mich aber nicht getraut, aus dem Park zu laufen, und deshalb bin ich euch gefolgt, um euch das zu sagen. Es war so schaurig … Klara liegt unter einem Baum …“, stammelte das Mädchen. „Was ist mit José?“

„Der Gorilla ist unverletzt, nur ein bisschen aufgeregt. Aber der Killer ist bei ihm. José hat ihn k. o. geschlagen, aber ich weiß nicht, wie lange das anhält!“

Poppi schob das Superhirn zur Seite und lief in das Gehege.

„Nein, nicht!“, rief Lilo ihr nach.

Aber das Mädchen hörte nicht. Es ging um das Leben des liebsten Tieres, das Poppi je gesehen hatte. José war wie ein Kind.

Er hockte in einer Ecke des Geheges und schnaubte

aufgeregt. Poppi leuchtete nach links und sah den Mann auf dem Boden liegen. Er war zusammengekrümmt und hatte beide Hände auf den Bauch gepresst.

Mit langsamen Schritten ging das Mädchen auf den weißen Gorilla zu. Es redete sanft auf ihn ein und streckte eine Hand aus. José musterte sie mit seinen kleinen, wachsamen Augen. Poppi ließ sich auf den Boden sinken und krabbelte auf allen vieren zu dem Tier. Mit angehaltenem Atem verfolgten ihre Kumpel von der Tür aus die Aktion. Axel ließ den Ganoven nicht aus den Augen. Falls er aufstehen sollte, mussten sie etwas unternehmen.

„Braver José… lieber José… komm!“, sagte Poppi zu dem Gorilla und nahm seine handähnliche Pranke. José ließ das willig mit sich geschehen. Die Tierfreundin strich über das weiche Fell und liebkoste den Affen. Langsam stand sie auf und zog ihn sanft hinter sich her. Wie ein kleines Kind ging José mit ihr mit. Er schien vor Poppi keine Angst zu haben.

Das Mädchen verließ mit ihm den Käfig und sagte zu Lilo: „Und jetzt sperrt den miesen Kerl ein. Die Polizei kann ihn dann von hier abholen. Aber knall die Tür nicht zu, sonst reißt sich José los!“

Der weiße Gorilla klammerte sich ängstlich an Poppi fest. Er war noch nicht sehr oft aus seinem Gehege gekommen. „Ich beschütze dich!“, versprach das Mädchen.

Lieselotte drückte die Tür ins Schloss und sperrte ab. Praktischerweise hatte der Gangster den Schlüssel stecken lassen.

Dominik fiel etwas auf: „Wo… wo ist… Señor Sebastian? Wieso kommt er nicht? José hat geschrien. Das müsste er doch gehört haben!“

Lieselotte fasste einen Plan: „Wir versuchen jetzt, in das Schloss zu gelangen, und rufen die Polizei. Es kann nicht viel geschehen. Der Killer sitzt im Gorillakäfig und Señora Isabella wird bestimmt nicht gefährlich sein. Für die Drecksarbeit hat sie doch einen Profi eingestellt.“

Die Bande und der weiße Gorilla huschten in den Haupthof zurück und gingen auf die Eingangstür zu.

Axel drückte die Klinke nieder und die Tür sprang auf. Licht leuchtete den Junior-Detektiven entgegen und sie mussten geblendet die Augen schließen.

Als sie sich an die Helligkeit gewöhnt hatten, erkannten sie sofort etwas: Die Tür zum Kellerabgang stand offen. Aus der Folterkammer drang Klirren… und eine wütende Stimme. Die Stimme von Sebastian Fernandez.

In der Falle

„Poppi, nimm José und geh mit ihm nach oben in unser Zimmer!“, flüsterte Lieselotte. Sie hatte Angst, dass der Menschenaffe durchdrehen könnte.

„Was … was ist da unten los?“, flüsterte Dominik.

Lieselotte konnte es nur vermuten: „Es geht um das Leben von Sebastian. Ich glaube, seine Frau … sie … sie hat etwas Schreckliches vor!“

Zur Bestätigung kam in diesem Augenblick die Stimme von Señora Isabella aus dem Keller. Sie sprach spanisch und die Knickerbocker konnten leider nicht verstehen, was sie sagte.

„Ihr könnt da nicht hinunter. Wartet auf die Polizei“, meinte Poppi.

„Bis die kommt, ist es vielleicht zu spät!“, zischte Lieselotte verzweifelt. Sie wusste auch nicht genau, was sie jetzt am besten tun sollten.

„He … schau mal, was du in der Hand hast!“, flüsterte Axel.

Erst jetzt fiel dem Mädchen auf, dass es noch immer das Messer hielt. Das war vorläufig Schutz genug. Es ging um das Leben von Señor Sebastian und da konnten sie nicht mehr zögern.

Poppi und José blickten ihren Freunden nach, als diese auf Zehenspitzen die enge Wendeltreppe nach unten in den Keller liefen. Erst als Axel, Lilo und Dominik verschwunden waren, schubste sie den weißen Gorilla die Treppe hinauf.

Die drei Knickerbocker-Freunde versuchten keinen

Laut zu verursachen. Aus der Folterkammer kamen immer wieder die Stimmen von Señora Isabella und Señor Sebastian. Sie schienen miteinander zu streiten. Auf jeden Fall klang die Unterhaltung eigenartig. Die Junior-Detektive huschten zwischen den Säulen im Vorraum zur Folterkammer hindurch und gingen immer wieder in Deckung. Sie wollten nur so nahe wie unbedingt nötig an die Tür der Schreckenskammer heran. Sobald sie etwas erkennen konnten, wollten sie vorerst einmal stehen bleiben.

Die Säulen waren allerdings so angeordnet, dass sie die Sicht immer verstellten. Die drei Freunde mussten sich fast bis zur Tür herankämpfen, bis sie endlich einen Blick in die Folterkammer werfen konnten.

Auf dem Boden, gefesselt, saß Sebastian Fernandez. Seine Frau musste in dem Teil des Raumes stehen, in den die Junior-Detektive keinen Einblick hatten. Ihre Stimme konnten sie nämlich schon hören. Sebastian blickte nach oben und redete auf jemanden ein. Er wand sich verzweifelt und schien zu betteln und zu flehen.

Schritte wurden hörbar. Hinter der Tür tauchte eine Gestalt auf. Lilo traute ihren Augen nicht. Auch Dominik und Axel öffneten völlig überrascht den Mund. In der Folterkammer stand Dr. Mato. Er schleuderte Señor Sebastian ein paar Worte an den Kopf und trat dann aus der Folterkammer. Dabei öffnete er die Tür weiter und dahinter wurde Señora Isabella sichtbar. Auch sie war gefesselt und lag auf dem Boden.

Lieselotte sprang hinter ihre Säule zurück, aber es war zu spät. Der Arzt hatte sie gesehen. Er brüllte wie ein wilder Stier und wollte sich auf sie stürzen.

Lieselotte rannte los. Axel und Dominik hinterher.

„Rettet euch, Kinder! Rettet euch!“, brüllte Sebastian Fernandez.

Die Knickerbocker liefen, so schnell sie nur konnten. Die panische Angst schien sie zu beflügeln. Sie flitzten im Slalom um die Säulen, bis sie die Treppe erreicht hatten. Immer drei Stufen auf einmal nehmend, hetzten sie nach oben.

Dr. Mato folgte ihnen. Immer wieder brüllte er wie ein gequältes Tier. Der Abstand zwischen ihm und den Knickerbocker-Freunden war nicht sehr groß. Die Junior-Detektive hatten schon fast das Ende der Treppe erreicht, als Dominik ausrutschte und zurückfiel. Er prallte gegen Lieselotte, die sich zum Glück an der Mauer abstützen konnte und ihm wieder auf die Beine half. Dr. Mato hatte so weit aufgeholt, dass er nach vorn sprang und Lilos Bein packen wollte. Er verfehlte es um Millimeter und knallte auf die Stufen. Das Mädchen stolperte und taumelte weiter.

„Wohin?“, schrie Axel, der in der Halle angelangt war.

„Rauf!“, brüllte Lieselotte.

Die drei Freunde kämpften sich die nächste Treppe nach oben und hörten die Schritte und das Schnauben ihres Verfolgers hinter sich.

„Poppi, sperr ab!“, brüllte Lieselotte in die Richtung, in der das Zimmer der Mädchen lag. „Bibliothek!“, schrie sie dann Axel zu.

Die Junior-Detektive bogen nach links in den Gang und rannten, so schnell sie nur konnten. Ihre Herzen jagten, ihre Lungen brannten und im Mund hatten sie den Geschmack von Blut.

Axel riss die Tür zur Bibliothek auf und schlitterte in den Raum. Dominik und Lieselotte folgten ihm und knallten die Tür zu. Das Superhirn griff in Richtung Klinke und wollte den Schlüssel umdrehen, aber da war kein Schlüssel. Draußen krachte Dr. Mato gegen die Tür.

In der Bibliothek war es stockfinster. Die Freunde standen wie angewurzelt da und waren im Augenblick völlig hilflos. Lilo packte die Klinke und hielt sie fest. Auf dem Gang packte Dr. Mato ebenfalls die Klinke und versuchte die Tür aufzureißen.

„Was jetzt?“, keuchte Axel.

„Leiter!“, kommandierte Lieselotte.

Der Junge holte seine Taschenlampe heraus und leuchtete auf die Stelle des Regals, wo sich die Leiter befand.

„Klettert vor, ich halte ihn auf. Aber leuchtet mir dann!“, flüsterte Lieselotte.

Der Doktor rüttelte und riss von außen wie besessen an der Tür.

Die Jungen rasten zur Leiter und kletterten so schnell wie möglich nach oben. Axel drückte das vorstehende Buch ins Regal und die zweite Wand setzte sich in Bewegung. Erleichtert ließ Lieselotte die Klinke los. Die Tür war jetzt automatisch verriegelt. „Ihr könnt runterkommen!“, wollte sie rufen, als das Unfassbare geschah. Der Doktor schaffte es, die Türe von außen aufzureißen.

Das Superhirn stieß einen langen Schrei aus und raste zur Leiter. Da der Arzt beim Auffliegen der Tür gestürzt war, benötigte er einige Augenblicke, um sich aufzurappeln.

Lieselotte konnte die Zeit nutzen und die rettende Leiter erreichen. Wie ein Kletteraffe sauste sie nach oben. Dr. Mato nahm die Verfolgung wieder auf und stolperte in den dunklen Raum.

Die Jungen hatten mittlerweile die Geheimtür erreicht und versuchten sie aufzustoßen. „Sie klemmt!“, schrie Axel entsetzt.

Der Doktor hörte die Geräusche und tastete sich durch die Finsternis. Er würde die Leiter entdecken und dann war es um die Knickerbocker geschehen. „Versuch’s noch einmal!“, befahl Lilo.

Axel trat gegen die Tür, aber sie ging nicht auf. Die zweite Bücherwand schob sich unerbittlich näher. Der Arzt keuchte und schlug wild um sich. Er hatte nun den Lichtschimmer über seinem Kopf erspäht und steuerte bereits die Leiter an.

„Axel!!!“, kreischte Lieselotte. „Mach was!“

Von unten kam ein entsetzter Schrei. „Hi... Hi... Hilfe!", brüllte der Arzt.

„Das ist eine Falle, mach weiter!", befahl Lieselotte.

„Hilfe ... haltet das Ding auf ... Hilfe!", bettelte der Doktor.

Dominik leuchtete nach unten und rief: „Lilo, er ist in die Versenkung gestolpert, in der das Sofa steht. Er hängt mit dem Bein fest. Die zweite Bücherwand wird ihn zerquetschen!"

Axel streckte den Arm zur Seite und zog das Buch wieder aus dem Regal. Quietschend und knirschend stoppte die Wand. Dr. Mato war mit dem Bein tatsächlich in der Versenkung hängen geblieben. Er zerrte und riss, aber er kam nicht frei. Drohend hob er die Faust und schrie: „Ihr kommt trotzdem nicht davon!"

Axel packte grinsend das Buch und schob es wieder zurück. Die Bücherwand begann wieder zu rollen und der Doktor ängstlich zu wimmern. Deshalb stoppte der Junge das grausame Spiel.

„Wir haben Sie in der Hand! Kapiert?", sagte Lieselotte. „Axel, falls er irgendetwas tut, lass sofort die Wand fahren", trug sie ihrem Kumpel auf. Das zweite Bücherregal befand sich nämlich höchstens zehn Zentimeter von Dr. Mato entfernt.

Lieselotte kletterte an Axel vorbei und versuchte nun selbst, die Geheimtür zu öffnen. Es gelang ihr sofort. In der Panik hatten die Jungen nämlich auf der falschen Seite gedrückt. Die drei Knickerbocker kletterten in das geheime Stockwerk und schlossen die Tür. Von innen konnten sie sogar abschließen. Der Arzt war gefangen. Das Bücherregal verstellte nämlich Tür und Fenster der Bibliothek.

Die drei gelangten durch die Falltür zurück auf den Gang, befreiten Señor Sebastian und Señora Isabella und standen daneben, als die beiden die Polizei holten.

Zum ersten Mal seit ihrer Ankunft konnten die Knickerbocker-Freunde ruhig und ohne Angst im Castillo schlafen. Das taten sie auch. Und zwar ausgiebig. Erst als die Sonne schon fast wieder unterging, wachten sie auf.

Señora Isabella hatte eine große Paella gemacht, ein spanisches Gericht aus Reis, Geflügel, Muscheln, Garnelen, Paprikaschoten, Erbsen, Tomaten, Oliven und Zwiebeln. Sie garte die Paella auf der Terrasse, die die Freunde schon kannten, in einer großen Pfanne über einem Kohlenfeuer. Außer ihr, Señor Sebastian und der Bande war auch Klara von der Tierschutzorganisation „Tigerzahn“ anwesend.

„Wieso … wieso … hat Dr. Mato nach der Sache bei der Stierkampfarena noch gelebt? Und was wollte er überhaupt?“, fragte Lieselotte nach dem Essen.

„Dr. Mato hat mir gestern Nacht gesagt, dass er mein Halbbruder ist“, berichtete Señor Sebastian. „Mein Vater war zweimal verheiratet. Alfons ist das Kind aus seiner ersten Ehe. Mein Vater hat seine Frau verlassen, als Alfons noch nicht einmal auf der Welt war. Alfons hat das alles erst vor zwei Jahren von seiner Mutter erfahren. Aber er hatte keine Beweise, denn seine Mutter starb wenige Tage später. Deshalb hat er beschlossen, auf jeden Fall zu seinem Erbe zu kommen. Er wusste, dass es um viel, sehr viel Geld ging. Deshalb hat er sich bei uns als Arzt eingeschlichen und schnell das Vertrauen meiner Frau gewonnen."

Señora Isabella war das unangenehm. „Er war sehr höflich und nett und du warst so viel unterwegs", meinte sie entschuldigend.

Mit einem spöttischen Seitenblick auf Lilo sagte Axel: „Er hat manches Frauenherz zum Schmelzen gebracht!"

„Auf jeden Fall bin ich sehr misstrauisch und habe mein Geld nicht auf der Bank, sondern in Verstecken", gestand Señor Sebastian. „Es stimmt, dass ich den Großteil meines Vermögens der Tierschutzorganisation schenken möchte. Isabella ist damit einverstanden. Aber als Alfons davon erfuhr, drehte er durch. Er sah sich um das Geld betrogen und beschloss, mich fertig zu machen. Wie er das angestellt hat, ist euch bekannt!"

Lieselotte wusste noch mehr. „Wir sind komplette Idioten", schimpfte sie mit sich selbst. „Wir haben ihm vertraut. Er hat mit seinem Komplizen im Park bestimmt ausgemacht, dass er uns beseitigen will – in der Stierkampfarena. Und wir haben daneben gestanden. Der Schuss hinter den Ställen hat nicht ihm gegolten, sondern den Stieren, damit sie losrennen."

Señor Sebastian nickte. So war es gewesen. Zum Glück saßen beide Gauner bereits hinter Gittern. „Alfons ist dann in der Nacht gekommen und hat Isabella und mich mit seinem Helfer überwältigt. Er hat mich gezwungen, das Versteck des Geldes zu verraten. Er hatte keine Zeit mehr. Der Boden wurde ihm zu heiß.

Ich musste es ihm sagen, da er drohte, Isabella umzubringen. Dabei hatte er das ohnehin vor. Er wollte, dass wir in der Folterkammer umkommen und es so aussieht, als hätte ich das getan."

„Hat er Sie damals auch dorthin gebracht, vor zwei Tagen?", fragte Axel.

Señor Sebastian nickte. „Isabella wurde von seinem Komplizen betäubt und ich von ihm niedergeschlagen, als ich zu euch kommen wollte."

Poppi meldete sich zu Wort: „Und das Geld liegt im Gehege von José!"

„Nein!" Sebastian schüttelte den Kopf. „Das Geld liegt in meinem Arbeitszimmer in einem Tresor, der eine zweiundvierzigstellige Kombination hat. Ich habe sie nicht einmal im Kopf!"

Axel hob erstaunt die Augenbrauen. „José weiß sie vielleicht???"

Wieder nickte der Señor. „Ja! Er hat sie eintätowiert. Ich hoffe, er verzeiht mir, dass ich ihn vor Jahren dafür einmal betäubt habe."

„Aber ich habe an dem Gorilla keine Tätowierung gesehen!", meinte Poppi.

„Sie ist auch mit UV-Tinte gemacht worden!", erklärte ihr Sebastian Fernandez. „Sie ist nur unter einer UV-Lampe sichtbar!"

Damit war auch das Rätsel um das Licht in seinem Arbeitszimmer gelöst. Der Señor war kein Geldfälscher!

Die vier Knickerbocker-Freunde lehnten sich in ihren Stühlen zurück. Sie waren satt und zufrieden. Ein neuer Fall war geklärt.

„Äh … zu welchem Zweck sind wir eigentlich nach

Spanien gekommen?", fragte Dominik plötzlich. Er konnte sich nicht mehr daran erinnern.

„Wir wollten hier gegen den Stierkampf protestieren und werden es auch noch machen", meinte Poppi. „Aber erst, wenn wir uns ein bisschen erholt haben."

„Zum Glück erlebt ihr solche Abenteuer nicht jeden Tag!", sagte Señora Isabella lächelnd.

„Da wäre ich mir nicht so sicher", erwiderte Lieselotte und lachte los. Ihre Freunde stimmten in das Lachen ein.

PS: Eines sei dir schon verraten: Es gibt einen neuen Fall. Er heißt „Der tätowierte Elefant!"

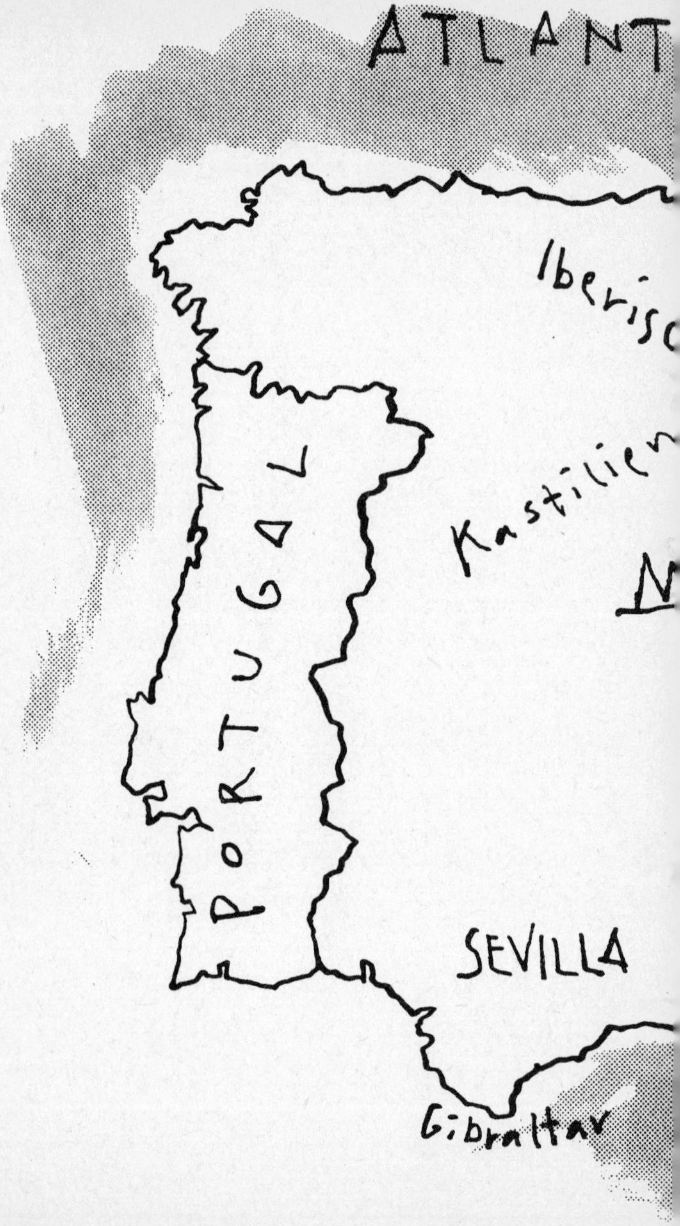
ATLANT
Iberisc
Kastilien
PORTUGAL
SEVILLA
Gibraltar

Karte von Spanien

DIE KNICKERBOCKER-BANDEN-CHECKLISTE

KREUZE EINFACH DIE KNICKERBOCKER-BÄNDE AN, DIE SCHON IN DEINEM REGAL STEHEN.

❑ 1 Rätsel um das Schneemonster
❑ 2 Ein Ufo namens Amadeus
❑ 3 Lindwurmspuk vor Mitternacht
❑ 4 Wenn die Turmuhr 13 schlägt
❑ 5 Bodenseepiraten auf der Spur
❑ 6 Das Phantom der Schule
❑ 7 Die Tonne mit dem Totenkopf
❑ 8 Wo ist der Millionenstorch?
❑ 9 Treffpunkt Schauermühle
❑ 10 Der Fluch des Schwarzen Ritters
❑ 11 Die Nacht der Weißwurst-Vampire
❑ 12 Schokolade des Schreckens
❑ 13 Der Ruf des Gruselkuckucks
❑ 14 Jagd auf den Hafenhai
❑ 15 Das Zombie-Schwert des Sultans
❑ 16 SOS vom Geisterschiff
❑ 17 Die Rache der roten Mumie
❑ 18 Kolumbus und die Killerkarpfen
❑ 19 Die Gruft des Barons Pizza
❑ 20 Insel der Ungeheuer
❑ 21 Frankensteins Wolkenkratzer
❑ 22 Der tätowierte Elefant
❑ 23 Die Drachen-Dschunke
❑ 24 Der weiße Gorilla
❑ 25 Der Grüne Glöckner
❑ 26 Im Dschungel verschollen
❑ 27 Im Tal der Donnerechsen
❑ 28 Titanic, bitte melden!
❑ 29 Der Eiskalte Troll
❑ 30 Im Reich des Geisterzaren
❑ 31 Der Bumerang des Bösen
❑ 32 Kennwort Giftkralle
❑ 33 Das Riff der Teufelsrochen
❑ 34 Das Geheimnis der gelben Kapuzen
❑ 35 Der Geisterreiter
❑ 36 Im Wald der Werwölfe
❑ 37 Die giftgelbe Geige
❑ 38 Das Haus der Höllensalamander
❑ 39 Das Biest im Moor
❑ 40 Die Maske mit den glühenden Augen
❑ 41 Die Hand aus der Tiefe
❑ 42 13 blaue Katzen
❑ 43 Die Rote Mumie kehrt zurück
❑ 44 Die Höhle der Säbelzahntiger
❑ 45 Der Mann ohne Gesicht
❑ 46 Hinter der verbotenen Tür
❑ 47 Das Phantom der Schule spukt weiter
❑ 48 Der unsichtbare Spieler
❑ 49 Es kam aus dem Eis
❑ 50 Der Schrei der goldenen Schlange
❑ 51 Der Schatz der letzten Drachen
❑ 52 Das Wesen aus der Teufelsschlucht
❑ 53 Das Diamantengesicht
❑ 54 Das Gold des Grafen Drakul
❑ 55 Der Taucher mit den Schlangenaugen

DIE KNICKERBOCKER BANDE

DIE KNICKERBOCKER BANDE
DIE KNICKERBOCKER BANDE
als Hörspielserie!
2
Thomas Brezina
TITANIC, BITTE MELDEN!
3
Thomas Brezina
DER UNSICHTBARE SPIELER
Ravensburger
4
Thomas Brezina
DAS GEHEIMNIS DER GOLDENEN SCHLANGE
Ravensburger
1
Thomas Brezina
DER SCHATZ DER LETZTEN DRACHEN
Ravensburger
Die spannendsten Abenteuer der Knickerbocker-Bande an den aufregendsten Plätzen der Erde.
Jetzt in einer neuen Dimension.
Spannung pur auf CD oder MC.
Ravensburger

Auflösung von Seite 10:

Als die vier den Zeichenwettbewerb einer Lederhosenfirma gewannen und einander bei der Preisverleihung kennen lernten.